中国现当代重要诗人研究资料

中国诗选·每年一卷

中国
诗选

Chinese Poems　第 2 卷

主　　编 _ 闵正道
执行主编 _ 周瑟瑟

山西出版传媒集团　北岳文艺出版社
·太原·

图书在版编目（CIP）数据

中国诗选. 第2卷 / 闵正道主编；周瑟瑟执行主编.
太原：北岳文艺出版社，2024. 12. -- ISBN 978-7
-5378-7037-5

Ⅰ. I227

中国国家版本馆CIP数据核字第202504UH07号

中国诗选 第2卷

Zhongguo Shixuan Di 2 Juan

主编：闵正道　　执行主编：周瑟瑟

策划	出版发行：山西出版传媒集团·北岳文艺出版社
刘文飞	地址：山西省太原市并州南路57号　邮编：030012
	电话：0351-5628696（发行部）　0351-5628688（总编室）
责任编辑	传真：0351-5628680
刘文飞	经销商：新华书店
	印刷装订：太原市长江孚来印刷制版有限公司
书籍设计	
张永文	成品尺寸：185 mm×260 mm
	字数：260千
印装监制	印张：25.25
郭勇	版次：2024年12月第1版
	印次：2024年12月山西第1次印刷
	书号：ISBN 978-7-5378-7037-5
	定价：99.00元

本书版权为本社独家所有，未经本社同意不得转载、摘编或复制

○ 序

三十年后再归来
——《中国诗选》出版记

闵正道

《中国诗选》创办人、主编，新全球化智库理事长。

江苏淮安人，曾工作于国家发改委《中国改革报》、新华社《经济参考报》、中央党校《学习时报》，现居北京。

2024年：《中国诗选》第2卷

2024年7月11日深夜，我无力地坐在深圳市罗湖区一宾馆客房的沙发上，思绪万千，心情难以平静。

我回想我过去的每一个沟每一道坎，从出生到成长，从农村到城市，从饥饿到温饱，从健康到疾病，从自由到被人陷害，从高位到谷底再到绝地反弹……多年的生活艰辛、挣扎向上、人生沉浮，历历在目。它们重重地锤打我，警醒我：

"健康"与"自由"，当我们拥有的时候，一定要倍加珍惜；除了养家糊口的工作，我们还能为社会做些什么？

人，活着是偶然，死亡是必然。

我不知道"健康""自由"与"死亡"哪一个来得更快！于是，我决定立即做这第一件事：编选出版《中国诗选》第2卷。

编选：中国现当代重要诗人研究资料

2024年7月12日上午，我电话联系我的朋友、著名诗人兼诗评家周瑟瑟。我告诉他我决定出版《中国诗选》，请他帮助组稿、约请重要诗人，并再次强调《中国诗选》的定位：中国现当代重要诗人研究资料！

选人，选重要诗人。周瑟瑟行动迅速，也极为辛苦，三个月内完成了初选，近40位重要诗人分别提供了多首诗作，400多页书稿即予交付。

我们自己先三审三校，然后再交由出版社三审三校；排版装帧、封面设计、等待图书在版编目（CIP）……《中国诗选》第2卷终于出版了。

1994年：《中国诗选》第1卷

在《中国诗选》第2卷出版之际，我再次想起《中国诗选》第1卷（主编：闵正道，执行主编：沙光）。

1991—1993年，在复旦大学中文系作家班（1班）读书期间，我一直想编选一本中国重要诗人的诗歌选本（每年一卷）。这个选本，是中国诗坛重要诗人的作品大联展，是中国重要诗人的研究资料，是大学生的教材，是图书馆的藏书！

我的这一想法，很快得到复旦大学中文系作家班（2班）沙光同学的支持，我们分别组稿，分头约请重要诗人，同时自筹出版经费。

诗人很快选定，诗歌也完成组稿，但出版经费却迟迟筹集不到。那时，我们都很贫穷，在校期间吃饭都成问题，哪有经费出书。最终，沙光二姐用其婚嫁的钱，资助《中国诗选》第1卷由成都科技大学出版社于1994年正式出版。

《中国诗选》第1卷出版后，在当时的中国诗坛产生了很大的影响，至今仍有很多读者珍藏此书。

邀约：《中国诗选》《中国诗歌评论》《国际诗坛》

现在，中断三十年的《中国诗选》终于出版了。

除了编选出版《中国诗选》（每年一卷），我还计划编选出版《中国诗歌评论》（每年一卷）、《国际诗坛》（每年一卷）。这一套3本书，一定要有它独特存在的价值，要有它的高度，要经得起时间的淘洗、历史的检验！

我的精力有限，视野有限，资金更有限；周瑟瑟也是如此。因此，我们诚邀更多的人参与进来，请大家与我们一起创办《中国诗选》《中国诗歌评论》《国际诗坛》，为中国诗歌添一块砖、加一片瓦：有人的出人，有力的出力，有钱的出钱，有资源的出资源，有思想的出思想，有作品的出作品……

请热心的朋友们与我们联系，或自己参与，或推荐他人参与。

感谢：良善的人、奉献的人

1994—2024年，《中国诗选》得到很多人的帮助，以后还将得到更多人的帮助。

《中国诗选》第1卷：感谢复旦大学中文系教授、我的班主任梁永安，感谢复旦大学中文系教授、我的老师王水照、骆玉明、陈思和、杨竞人、唐金海等；感谢名誉顾问李大贤、李谊忠、袁立峰、朱茂洲；感谢顾问郑敏、牛汉、邹荻帆、张志民、谢冕、孙玉石、程郁缀，感谢编委唐晓渡、陈超、程光炜、张颐武、王家新、西川，感谢编务邱华栋、陆健、岩鹰、夏雨清、祝凤鸣、杜修仁等；感谢执行主编沙光；感谢成都科技大学出版社，感谢编辑朵生春、姜涛；感谢北京大学中文系。

《中国诗选》第2卷：感谢北京工商大学教授庞毅、大唐集团总经理助理刘峰彪、中国商报社社长胡斌；感谢执行主编周瑟瑟；感谢北岳文艺出版社。

最后，特别感谢石慧、罗巨厥、蔡雅澄3位恩人！

感谢为《中国诗选》已经付出与即将付出的每一位，您们是良善的人、奉献的人。

我们为中国诗歌一起付出，一起奉献，一起追寻远方的光……
我们必有大福报！

2024年12月01日初稿于北京
2024年12月31日修改于江苏

中国现当代重要诗人研究资料
——《中国诗选》第 2 卷编选说明

周瑟瑟

《中国诗选》联合创办人、执行主编,诗人、诗评家、策展人。湖南岳阳人,著有诗集、评论集40多部,作品被译为多种语言在海外出版,现居北京和深圳。

一

1994 年,《中国诗选》第 1 卷由成都科技大学出版社正式出版,在当时的中国诗坛产生了很大的影响。三十年后的 2024 年,7 月 12 日上午,闵正道打电话给我,他决定出版中断三十年的《中国诗选》。

二

"中国现当代重要诗人研究资料"是《中国诗选》的定位。

让历史告诉未来,中国现当代诗歌是这样走过来的。这是一条充满创造的路,是前人没有走过的路。

诗是未知的经验,是漫漫长夜里的那一颗闪亮的星。《中国诗选》里每一位诗人都是那一颗星。他们散发微弱的光。诗人是给黎明送信的那个人,给人类带来最新消息,告诉人们隐秘的爱——语言所隐藏的爱。

诗人是在寒夜里生起一炉火的人,38 位诗人就是 38 炉寒夜里的火。用诗的体温点燃语言的火。我从他们的诗里读到了火的咆哮,读到了江河水的滚动,读到了语言撞击语言的叫喊,读到了撕裂之声,读到了语言化作火焰的那一瞬间爆发出来的岩浆般的液体。

熔化旧的诗歌语言，生成崭新的语言。当诗灼伤了你的眼睛的时候，你流下感激的泪水。一个崭新的语言世界像鲜花一样绽放在你眼前，你看到了语言的花蕊吐露出生机。

三

臧棣灼热的光亮已经在改变诗歌语言的形态与结构。梁小斌喃喃自语，他以口述的方式写作，成为"朦胧诗人"晚年写作的生动图景。

西川跨文体的写作为当代诗歌建立了新的诗歌美学。王家新向世界敞开了他的深沉与辽阔，形成一种更为开放的诗歌格局。陈先发、胡弦基于古典经验向当代转化的写作，给当代诗歌带来了语言、结构与逻辑意义上的后现代性辉煌。

杨键"清澈地看着"，这是一种凝视的灵魂的艺术。从传统到当代，雷平阳、张执浩、李元胜、柏桦、陆健、沈天鸿、吴少东，他们在重构经典，为当代诗歌留下了重要的诗歌文本。

沈浩波、伊沙与严力引领了后口语时代的"反诗歌"写作，反对没有活力的诗歌语言传统，撕破陈腐的诗歌美学面具，我将此视为中国当代诗歌向世界口语诗歌写作先锋派诗人波拉尼奥致敬的潮流。

唐晓渡、沈奇、陈亚平的诗歌表现了批评家的直觉与理性。在我看来，余怒是诗歌语言的炼金术师，在少数实验室里干得热火朝天。

女诗人蓝蓝、娜夜、荣荣、晓音、李成恩以沉静的方式深入语言内部，在她们的生命体验里"万物静默如谜"，她们的写作不仅是女性精神向度与语言范式，而是作为生命诗学的存在。

如果我们要追索诗歌的当代性起源，我们能够从西渡、杨克、赵野、张曙光、孙文波、蒋一谈、梁平、大解、阎志、樊子、太阿、赵原等人的写作里找到种种线索，他们为当代诗歌贡献了新的尺度与观念。

四

《中国诗选》朝向未来，向读者打开崭新的诗歌世界。

2024 年 12 月 01 日北京

目录
contents

001　第一编：开卷星座

003　臧棣诗选

011　第二编：诗人自选诗

013　梁小斌诗选
025　西川诗选
031　王家新诗选
039　杨键诗选
045　陈先发诗选
055　沈浩波诗选
063　严力诗选
069　胡弦诗选
087　柏桦诗选
093　杨克诗选
117　西渡诗选
125　李元胜诗选
135　张执浩诗选
143　大解诗选
149　张曙光诗选
157　孙文波诗选
163　余怒诗选
169　赵野诗选
193　沈天鸿诗选
199　陆健诗选
205　樊子诗选
211　赵原诗选
217　吴少东诗选
223　太阿诗选

目录 contents

229 第三编：女诗人诗选

- 231　蓝蓝诗选
- 237　娜夜诗选
- 245　荣荣诗选
- 249　晓音诗选
- 257　李成恩诗选

265 第四编：批评家诗选

- 267　唐晓渡诗选
- 281　沈奇诗选
- 287　陈亚平诗选

295 第五编：长诗和组诗

- 297　雷平阳诗选
- 329　梁平诗选
- 341　伊沙诗选
- 353　蒋一谈诗选
- 367　阎志诗选

第一编

开卷星座

臧棣

诗人、批评家。1964 年生于北京。1997 年 7 月获北京大学文学博士学位。现任教于北京大学中文系。曾获昌耀诗歌奖（2022）、屈原诗歌奖（2022）、鲁迅文学奖诗歌奖（2022）、万松浦诗歌奖（2023）、漓江文学奖（2023）。

臧棣诗选

盾牌简史
——赠颜炼军

厚厚的橡木由细长的铁皮
紧箍成一个圆形；加固边缘的金属，
你没有猜错，那的确是
希腊人钟情过的青铜。
对着命运的那一面
也是正对着死神的那一面；
但据此就得出历史
是冷酷的，恐怕也有点草率。
单看构造，人性的因素
被隐蔽得很深；中间微微凸起，
以减弱想象中巨大的冲击力。
贴近胸口的那一面，有一个夹层，
可在震天的鼓声中，将左臂
套得死死的。狮子，或吐火的怪物
偶尔会作为纹章深深刻进
盾牌的所有权。但整个参观过程中，
印象最深的，还是母亲
将盾牌递给儿子时说的那句话：
要么拿着它，凯旋，
要么就躺在它上面回来。

花菱草简史

……从无情的严冬吸取一些
比冰和剑更锐利刺人的快乐？
——夏尔·波德莱尔

另有捷径，前提是你
已鉴别过至少不下十种罂粟，
并且深知燕山脚下
迎风的虞美人再怎么招摇，
也不会误会灵魂的幻觉。

从醒目的花姿，就能判断
时间的诱惑已深不可测；
无论世界如何堕落，
它都不打算隐藏自己——
从美丽的欲望到真容必须鲜艳。

前提是，你不会误会
人参花的毒性也很微妙并且
全都是冲着人类的迟钝而来的；
为什么要自我否定？
为什么只有通过提取物，
你才能汲取大地的镇静？

绽放必须尽兴：无论盛放的是什么，
金黄的灵魂之杯已经成形；
沉默越鲜艳，聆听就越敏锐——
你的账单就是这么设计的。

投石冲动

高铁车厢里，一等座
并不意味着太多的事情；
邻座男性，穿着得体，
看着不只像夜舞经理，
正在用他的电子设备

浏览来自世界各地的消息；
因为没插耳机，声响很大，
大到我内心里一块
我以为已沉入地狱多年的
石头，又开始露出端倪；
我本想提醒他：这是公共空间，
如果他想看的东西只满足
他自己的私欲（当然不是死鱼），
他应该戴上耳机；有好几次，
身子都转过去了，但不知何故，
话又被咽回肚子。难道我指望
更公正的，叫不出名字的神
会因这点小事而惩罚
我们之中的道德的迟钝？
或者更严峻，惩罚他
竟然多于惩罚我？
也许，我已过了冲动的年龄，
但更有可能，我的冲动
已混入诗的必然的暧昧；
也许，更深的道德潜意识里
我在想象更有想象力的解决。
嫌恶的同时，偶然的瞥视中
我也被迫关注了一条新闻：一群人
情绪激昂，正在用投出的石头
处决一个私通的女人。
镜头拉近，那个被石头
反复砸中的女人，很快就
身子一歪倒在罪恶的土坑里。
我的呼吸开始沉重起来，
对邻座的厌烦，也开始走神——
很难想象这样的画面会流出，
滚动播放在高铁车厢里。
那投出的石头中，至少有

一个弧线，过于完美，让我想起
小时候在美丽的金沙江边，
一群缺少管束的孩子，
每天最大的乐趣，就是
用那些随处可见的鹅卵石，
击打江中的游鱼，树冠里的雀鸟。
我终于感觉到了另一种深奥：
比如，邻座这位男人
他不插耳机，故意把音量放大，
也许是有原因的。没准儿他
就是从那些被投石惊吓过的
鱼或鸟中转世而来的。

电梯里的边境牧羊犬

即使穿着很休闲，
也能感觉到衣服上的那些皱纹
很整齐地安排过生活中
通常会被随意处置的
一些小事情；我注意到
一个细节，电梯里还有足够的空位，
足以接纳她和她的牧羊犬，
但从微小得不能再微小的表情看，
仿佛是担心先上电梯的人中
有人天生怕狗，女邻居表示
她可以等下一趟电梯；而那条狗
有半个身子其实已进入电梯，
但又被绷紧的牵绳拽回到走廊，
委屈的脸色和无辜的孩子
没什么区别。

电视节目里
从未有人辩论过：她的谦让
代表了什么，又牺牲了什么，
以及这暧昧的谦让是否
应得到某种高于沉默的回应——
比如，当场该有人说，谢谢；
而不是像我那样，只是心底
掠过了一丝消极的感慨。
而在下一班的升降中，
我的身子已离开，但第六感还在；
她和她的狗最先走进
空空的电梯；但随着楼层的
变化，会有新的邻居进来；
怎么都难免会有怕狗的人
对她心爱的边牧表示出
无法抑制的嫌恶或嗔怒，
并诉诸明显的神色；
这时候，先来后到，以及避让
是否依然需要，会显得
十分暧昧。比如，罕见有人
会因自己的害怕，表示愿意
等下一趟电梯；新乘客通常
无视她的先到，更倾向于
将无声的怨恨带上电梯，放纵它们
在狭小的空间和幽暗的人性
一起升降。女主人对她的狗说的话
能代表更多的善意吗？
比如，她感觉到了气氛不对，
主动对她的牧羊犬说——
我们的佳佳最乖了，从不咬人。
当这样解释后，会有东西融化吗？
而我则想到了另外一层意思：
是的。如果有一天，太委屈了，

牧羊犬发作了，它咬的，肯定不是人。

土星时间

隔着一堵墙就是老城区的街角，
早高峰刚刚开始，树枝上
大山雀的小情歌渐渐淹没在
城市的噪声中。这里，你仿佛是
刚刚落座的第一位客人；
白瓷盘子里，煮熟的紫花芸豆
数着时间的优点：红得发紫
才没辜负种子的器官很天才；
比颗粒更饱满的，早餐时间，
一块高原土豆开始悬转如
一颗小行星，突然发现我和我之间
有一条和命运无关的轨迹，
还没有完全失控；并且看起来，
只要将胡椒和井盐搅拌均匀，
就可以在命运的舌尖上
堵住世界的消息
有一股洪水正裹挟着
南方的浑浊。邻座的女孩
很大龄，一点也不顾及
旅途中金驴的影子
也想喝碗祁连山的奶茶。
我的眼皮底下，当暗绿的毛豆
将玉米砌块变成金黄的
莲花宝座，她也一直没闲着；
天灾的面积令她情绪波动，
她的同伴每说到一件事情，
她的反应都很刺耳：变态。变态。

小暑诗简史

北京时间，炙热的蒸笼
慢慢吸收着思想的
灰烬不时还能迸发出
一点赤红的火光。就凭这一点，
垃圾就很历史；无形的比较
即使不完全出自
可以下注的心经，也能判断：
道路两旁，树木
像一只只流产的绿狗
被拴在免费的原地上；
米塞斯可是喝过绿豆汤？
假如神圣的义务也经不起
人性很免费。渴望触目的话，
最好惊心于眼前一亮——
葳蕤多么陌生，至少
这免费的景象好过
那些绿狗的舌头已经伸出，
却不见效于降温很走神。
不必忧虑人生的裂缝
已透明到毫无顾忌——
至少，收音机里，想不起名字的
波兰女人弹奏的
钢琴曲，仍像激动的回水一样，
拍打着心灵的护栏；
同一时刻，南方的消息中
决堤后的洪水几乎
就要漫过曾登临过的岳阳楼；
什么时候，我们才会停止谈论
汹涌很抽象？给你两次选择：
你的影子是你唯一的红利；
或者，无论彼岸多么模糊，
你是你仅存的独木舟。

第二编

诗人自选诗

梁小斌

安徽合肥人,中国朦胧诗代表诗人之一。诗作《中国,我的钥匙丢了》《雪白的墙》等被列为新时期诗歌的代表诗歌,《雪白的墙》《我热爱秋天的风光》入选高中语文教材。《雪白的墙》1982年获全国中青年诗人优秀新诗奖。2005年,被中央电视台评为年度桂冠诗人。

梁小斌诗选

红砂石建筑群

红砂石建筑群
是我身体裸露的部分

这里还没有来得及铺上草坪
那位黑裙子似的钢琴家神情迟疑

我帮你抬钢琴,女主人
你住在十楼,但不用担心这段距离

把这沉重的钢琴抬到楼上去
黑色高贵的皇后,此刻我是你的奴隶

因为我不去想象,钢琴在楼梯转弯处
将发出合理碰撞的声音

我只是极力想象,在键盘上一掠而过的手
被放到一个丰厚叶子似的嘴唇那里
在我流动的人生里
我从没有给钢琴做过奴隶

把这沉重的钢琴抬到楼上去
抬到一个可以自由弹奏的空间去

红砂石建筑群,是我扭曲自己的地方
梦幻般,红砂石建筑群

又见群山如黛

又见群山如黛
确有一道
散发松脂气息的木制栅栏
从山脚
我的脚下
向山顶绵延

扶持着那道木制栅栏
临近峰巅
我将青花围巾拴在围栏上
青花围巾里有诗
是有别针别住那张纸

猜测跳崖的前景
曾经我和青花围巾往下飘
只恐半山腰的那棵树
只接住了围巾
却漏掉了我
确有一道散发松脂气息的
木制栅栏
临近峰巅
终被置换成一堵
雕栏玉砌
它已环绕着群山如黛

观群峰如黛深意
谨防群峰一个回闪
倒映于我
心底黑色沉潭

我偎依

我扶持

我也是一根能够站住的围栏

独自成俑

我已独自成俑

在秦人兵马俑的序列里

我怀揣

竹简秘要

我已独自成俑

所谓竹简秘要

囊括

我为兵俑般的乡里乡亲们

撰写家书

我还为拥盾者

额上描眉

更为持矛将士

头顶浇灌

我已独自成俑

在秦人兵马俑的序列里

成为一尊诗俑

所谓诗俑

陶土构成

业已点滴成尊

端详

在那忘我耕耘
被我虔诚地摆放在田埂上的
那只黑色陶罐
陶罐内含
稀粥如影
南瓜方正如印

还有荷叶
摆放几把黄豆
喂养亲爱的耕牛
我和耕牛共同商定
泥腿蹚过水田数遍之后
就可享用
各自的早餐

只要早餐在那里
我和耕牛看上去是在犁田向前
我心里明白
都在围着广阔天地打转

田埂上的那只黑色陶罐,终于
悬挂出一根黑豆角
像活着一样在风中飘摇
那只黑豆角
形状鲜亮
滋味很鲜

但广阔天地的生存原则是:
先劳动
后吃饭

是那忘我耕耘的岁月
将我锤炼
从此我变成一位

端详着咸味
就能喝下稀饭的人

断裂

1.
在这座城市的背面，
我初次见到你。

我的脸上，
已经失去了眼镜；
只有眼镜，为了一个它所渴望的方向
在我呕吐时向水池爬去，
它在跌断脚后，
背叛了我，
所以，为了能够看清，
往往要凑得很近。

2.
我蜷缩在这里，
蜷缩在仿兽皮的衣领里。
装作打量月台，
往嘴里偷偷摸摸塞进橘瓣的女孩，
我正闭上目光在欣赏你。

当你俯向茶几
你肯定是把橘子藏在膝盖间，

你把橘核吐到手上，
这些潮湿的小玩意，
在茶几上被排列得整整齐齐。

我突然期望，
你的每一个橘瓣里都有核，
在我不明去处的旅途上，
橘核，能一直排列下去。

我的理想就是蜷缩在仿兽皮的衣领里，
谨慎地透露出一点气息。
此时正值深秋。

3.
我也将这样，
有人把一杯等待化验的淡黄色液体
像啤酒似的从我面前端过，
向泌尿科方向走去。

我也将这样，
这个裤兜里装有一份伪造的病历，
一只盛过蜜蜂的玻璃瓶。

已经有很长时间没有想到应该生病，
谁能说，我适合得什么样的病症？

不想工作，
翻了一大堆书以后
总结自己：仍然不想工作。

我也将那样，
取出伪造的一滴端到护士小姐的眼底，
她将在显微镜下，

对我有所怀疑。

探索流浪的奥秘,
我的日子,有时也像泌尿科一样难听。

4.
我有一个黑暗的出处。
我的任何期冀,
都在那里寻觅。

我有一个黑暗的出处,
过时的钞票,
擦错别字的橡皮,
还有——
我已经学会在太阳害羞的时候,
伪装成唯物主义常识与性的知识
我不再害羞。
这些全来自一个黑暗的出处,
我跟黑暗有关。

记录我昔日心跳,
说不定也会背叛我陈旧的病历。

我撩开床单,
它们仍然躺在阴暗的角落,
那布满絮状灰尘的床底。

我有一个黑暗的出处,
我跟黑暗有关。

5.
实在没有什么声音可以听取,
在去一片清洁草坪的路上;

乘客们全都沉寂，没有什么声音可以听取。
是谁，忽然把一口痰吸到嘴里，
脸朝向窗外，痰在嘴里停顿一会儿。

实在没有什么未知数可以想象，
我是被迫想象，
这口痰的归宿：
是吐向窗外，
还是被他重新咽回胃里。

我们的方向，
是向一片清洁的草坪驶去，

戴红袖章的同志在冷风里裹紧大衣。

脸朝向窗外，
形成的归宿，
谁都要想入非非。

6.
被我撕碎的诗句，
如果我能从车窗内伸出手去。

让纸片撒向任何河面，
变为凌乱浮动的鸭群，
或者让好奇的牧童，
拾起纸片，
看看城里诗人们的秘密，
这就是我，
抛弃昔日情感的含义。

结果，被我撕碎的诗句，
被随意地散落在我的房间里，

可以称之为情感垃圾。
而我，是一个制造垃圾，
从来不倒垃圾的人。

7.
我曾经爱过，

眼眶里饰有一枚假眼的女人
那深褐色，温柔的眼睛。

我曾经想象过，
在真睫毛底下那扇用陶瓷做成的心灵的窗户，
在我想深入时分轻轻关闭。

我曾经忧郁，
在一个冬天的早晨，她把它装进眼眶，
还很冰凉的眼球。

我曾经见过，
那个眼球被阳光所照耀，
她装作受不了刺激，流出了泪水，
而她真的害怕阳光。
我吻过她
那深褐色，温柔的眼睛。

8.
你让我猜测，
那位懒得弹琵琶的女人向我
展现的是前胸还是后背。

她随手拾起一张裂开的报纸，
从最里面的房间出来。
她说她要找塑料指甲，

在一个沉重的琵琶旁边绕来绕去

你让我猜测，
她的塑料指甲，
怎么会丢在我的氛围里。

但是，确实有过一个朋友，
曾经在藤椅上剪过指甲。
他把剪下的部分，
小心翼翼装进信封，
我猜测，他可能要把信封带回去，
写下剪指甲的日期。
而他嚼着橡皮筋走的时候，
这些纪念品，
却遗忘在我的房间里。

你让我猜测，
从什么时候起，学会了恶心。

9.
我的同龄人，
你们都在哪里？
模拟乡下笛声，
揭示你在穷乡僻壤混日子的吹笛人，
我在听到你悠长的吹奏之后，
我想到同龄人在晚上喝得很稀
腹部胀痛的滋味。

曾经为一个条件反射而自卑
我喝了很多漂有胡豆的乡下浓汤后睡去，
笛声。诱惑我躲向草堆，
确实存在一条要避开所有女人的小径。

而如今
把印有人的尿痕的棉被，
在阳光大好时抢占绳索晾晒出去。
让红色的鳄鱼夹，
在绳子上死死咬紧，
那个在梦里闭眼睛月光流畅的男孩，
肯定有着细长的形体。

暂时离开圆孔似的回忆，
你从一个条件反射中感到了失误。

10.
就像他把一口痰啐在我脸上，
我怎么也抹不去；

你们强迫我害羞，
这么多岁月，我怎么也抹不去。

生活气息
几乎要我的命。
强装健美，
在舞场上混过一阵，
又怀念起装了一只假腿的自己。

所谓失恋，
不过是她抢先一步把我抛弃。

受到恐吓的人，
才学会了爱美。

战战兢兢，
等待一切，
事到临头拼死顶住，
——无论如何也要站立。

西川

诗人、散文和随笔作家、翻译家,北京师范大学特聘教授。
出版有诗集、散文集、译著、专著、编著等约 30 部。

西川诗选

好像什么也没有发生

每个人的时间都在缩短：
衰老。疾病。一天不等于另一天。
我和别人吵了一架，在街上，
但好像什么也没有发生。

好像阳光不是直直地照射，
好像远处的叫喊只是幻觉，
好像风声只有和尚能听到，
好像什么也没有发生。

手凉脚凉时，坚持余温即是大事。
错愕也等闲，糊涂也等闲，
我和自己吵了一架，无人看见，
好像什么也没有发生。

你觉得

你觉得星星相聚是否必然？是百年之必然抑或一年之必然？
若星星相聚并非必然，那你和你的同学、同事相聚是否偶然？
星星转身，能否看到你被干净的床单解放、被一池热水洗净？
星星不转身，盯着你，你会否转过身去，不看它们？
星星之间是亲戚吗？你和你的亲戚之间像星星一样无语吗？
星星之间无语而默契，是否就是我们称之为"道"的宇宙规律？
这"宇宙规律"在人间或许可以被称作"黑灯瞎火的爱"，
或者百虫坦然、万木安然之时千人一面的"伦理"。
当乌云蔽天、蚂蚁们惊慌失措，星星的表情会否略微异样？
你能看到星星的异样吗？你敢遁身黑暗变成星星一颗吗？

两地

很少有房子打算坚持一百年。
房子里的人也很少认真打算坚持一百年。

有个地方叫天堂但那是在天上。
只好期望一个地上的乌托邦叫"桃花源"。

没承想桃花源里悬挂的都是反桃花源之镜。
而杏树、梨树又破土而出,将风景遮挡。

在桃花源里盖大楼遭遇桃花的异议。
在桃花源里开食堂导致砸锅卖铁。

照耀桃花源的月亮投递思乡之绪,
幸好可以登上子弹头列车感慨万千地还乡。

菜地、庄稼地、夕阳中仓库的简易蓝屋顶。
从何处开始就不再是桃花源了?

到站。桃花源的鸡鸣、蛙鸣和狗吠消失。
困在广告如标语之地、鞭炮被禁放之地。

书虫的怨气在右,文盲的怨气在左。
偏偏网络的新时代又迎来 AI 的新时代。

吵闹的反诗意丰富了诗意。本地的异乡。
入夜,本地的月亮正是桃花源的月亮。

青岛散句

作为蜻蜓，我曾两次降落于青岛，仿佛它是荷花。
不，我到过青岛在我出生之前：我爸读过这里的军校。
旧军舰。旧港口。咸的巨浪听命于甜的春风：郭老有面子。
老人石被巨浪吞没，没能老到让我看它一眼，我没有面子！
面向五十九岁的大海，我悟通未满二十五岁的大海永难复现。
城里，良友书坊之外，不知身在何处者几乎是我呀。
不知身在何处者几乎是一伙：沈从文、老舍、闻一多。
我同意我推荐青岛代表所有穿西装的同胞如何？
殖民风格建筑中，那穿长袍读科幻者若非怪咖便当自有胆略。
而远处崂山，修仙者痴对仙云的无时间，成就妄想之美。
而远处面向未来的始皇帝轰隆隆走过。

汝州风穴寺留言

还好，还是预期的老样子：唐塔、宋钟、明代斗拱。
灰尘是今天的，但维护着老样子。

那石碑所载就是老样子吧？可石碑还是老样子吗？
静默以石碑为形状坚持到遇见未来。

贞禅大师等同心的老样子投射于2023年8月17日上午。
走出山门的师父仿佛天机不起眼地现身。

变的汝州，变的中国，不变的道理。
山泉流淌清凉反对气候变暖。山门斜对大雄宝殿不容改道。

想当年风穴寺变名香积寺时谁曾表示过不同意？
那写过"香积寺"的王维是否真到过这里？

那长安香积寺见识过的是否是另一个王维？
但不论王维有几个都是老样子。老样子就是不俗媚的样子。

度众生的菩萨也度我。

老样子的修行者守真如守旧，守旧如守空：
慈悲着，祈祷着，内观着，静穆着，警醒着，干净着。

但是我不会

落日一天一次。山无语。应该吹箫吹尺八，但是我不会。
应该吹唐人的尺八、宋人的箫，但我既非唐人亦非宋人。

那个在齐宣王乐队里滥竽充数的南郭处士也许是我的远房亲戚。
他胆子忒大，会钻空子，有点恬不知耻，在那样一个混乱的时代。

想起一个会弹奏古琴的朋友。但是我手边没有古琴，
也没有古筝，也没有二胡，也没有吉他，也没有小提琴；

应该为众仙神弹奏一曲《高山流水》，但是我不会！
我只会吹口哨，但久未吹过。我久未吹过口哨的嘴唇上并无灰尘。

林木吹起口哨，簌簌声。一声咳嗽咳出晚风的古韵。
我用难听的口哨逗弄野鸟。乌鸦带头讥笑，呱呱回荡呱呱。

是否因此，脱离了时代的喜鹊飞来，意图平衡我的尴尬？
而代表时代的飞机飞过天空。机尾拉出气流长线，一种傲慢。

我要是会开飞机，我就能在天上撒欢给众仙神看看。但是我不会。
即使退而求其次，像苍蝇一样乱飞也行。但是我不会。

作为笨蛋我会骂人。我骂自己时众仙神只是听着。

我想指点江山,访贫问苦,悬壶济世!众仙神道:你以为你是谁!

王家新

诗人、诗论随笔作家、译者。著有诗集、诗论随笔集和译诗集近 50 种，另有中外现代诗选、诗论选编著数十种。曾获多种国内外诗歌奖、诗学批评奖和翻译奖。

王家新诗选

旁注之诗,2021

2021年的杜甫

当代的一些诗人,也就是些鹦鹉吧,
在争啄那几粒稻米。
而从我童年的那棵大树上,
有凤凰飞来。

布莱希特

"不要往墙上钉钉子"
——布莱希特如是说。
可是我们已往墙上钉了那么多,
除了一些黑洞
什么也没有挂上。

维米尔的小女孩

维米尔的小女孩,有那么多诗人
赞美你耳垂下的那颗珍珠,
但对我来说,它的美,
它所凝聚的光和
重量,其实是一颗泪珠。

茨维塔耶娃

你死于远离莫斯科的小城叶拉布加,
可是你仍在捷克的山谷间游荡。
你的诗,鸟儿也会背诵。
而现在,你累了,你想坐下来抽一支烟,
你能否找到一个可以借火的人?

鳄鱼街

还没有打开读舒尔茨的《鳄鱼街》，
我就已看到那双酒盅似的
装睡的眼睛了。
好在这里阳光美好，街道整洁，市面正常营业，
除了有几家车库的遥控门
还一直关闭着。

重读《古拉格群岛》

铁蒺藜、编号、高音喇叭、探照灯……
多年前读《古拉格群岛》，
最吸引我的，就是那些囚犯逃跑的故事；
似乎索尔仁尼琴写下这些，
就是为了让人们逃跑。
现在我们还跑吗？还在跑。
现在我们还跑吗？不跑了。

又听见大海的涛声了

又听见大海的涛声了

又看见天上的星星了
金星，木星……

又可以写诗了，因为"荒谬至极"

就这样，从一座疫城出走
我和一位"重又活过来"的"老人类"

驱车三百多公里
走向海

我好像从未见过这样梦幻般的冬日的海
好像它从不存在

我也从未见过如此坚挺的苇草
蒙霜的枯叶纷披
一枝枝仍在向上的尖穗……

而在晚上七点
我们重又在黑暗中坐下
在这临海松林边的"孤独图书馆"

我又看见那马眼中昏暗的海平线了
纵然我的这双老眼
也已"接近盲目"

我又听见那远远而来的涛声了
我们已不必在这里朗诵

途经碣石山

> "东临碣石，以观沧海"
> ——曹操《观沧海》

告别"沧海"，告别一个
"星汉灿烂，若出其里"的世界
在回北京的路上
我们经过碣石山

远远看去,它们像是耸峙的巨灵
被斩首,仍挺立着
遥对着"白浪滔天"的大海

而在山下,是一个风沙中的村镇
是春节前热闹的集市

大车边,一只滴血的刚割下来的牛头
把多多这样的"老革命"
也吓了一跳

而一头被整体剥皮的鲜红的山羊
撑立在路边的货架上
似在炫耀刀斧手祖传的技艺

我们缓缓驶过,不忍多看
我真不知还会看到些什么

我们回头,那山腰上的采石场——
一道新剜出的巨大伤口

在冬日明晃晃的光中
一切马背上的雄心和荣耀
都已化为尘土
但是那双睁大的牛眼仍在望着我们
那只剥了皮的山羊还在跟着我们奔跑

我们也不再是我们自己了
闭上眼睛,但见干涸的河床闪过
一个个赤裸的小村庄闪过

——等待雪落下来
等待那最后的遗忘

波士顿的地铁
——给 H.J

满头白发,经过了中国东北
和新英格兰双倍的霜雪浸染
在哈佛教授俱乐部的那个幽暗角落里
熠熠生辉

身上却似乎仍穿着你的小说主人公武男
那套有点破旧了的
打工后去上学的西服

你带我出来,眼里冒着三十多年前的
那种激动的光,去找哈佛书店
背侧拐角处的那家诗歌书店

然后是道别,我目送你消失在
波士顿地铁的入口处——
在多少年后,这竟又让我想起了
但丁《神曲》第一部的开端

有人

有人说得太多,有人一生沉默

有人"在奥斯威辛演奏小提琴
就像在尸体上跳舞"

有人在黑暗中保持着灼人的视力
面对强光眼睛却瞎了

有人写灾难的诗,也有人请我写

就像在尸体上跳舞

有人再次走上红地毯,有人
折入一条森林小径

满地松针,比我们的眼睛湿润

在科德角
——访玛丽·奥利弗旧居

你的面向海湾的露台上的桌椅仍摆在那里
似在等待另一位诗人
来接着写诗

在那里,你曾看见三只白鹭
倾斜着飞过水面
"它们温柔地张开翅膀
滑过每一样黑暗的事物"

但是死亡照样来临
弯臂一样的科德角
挡不住来自整个大西洋刺骨的冰风

而我们来的时候
那枯萎的、爬满你的门扉的栎叶绣球藤蔓
已结满累累籽荚
——它们有着古铜的色泽
像是你的家徽

我不知道你是否为它写过诗
你已不再需要为它写诗

杨键

1967 年出生。20 世纪 80 年代开始诗歌创作至今。为汉语新诗代表性诗人之一。曾获刘丽安诗歌奖、柔刚诗歌奖、华语文学传媒大奖年度诗人奖等。著有诗集《暮晚》《古桥头》《惭愧》《哭庙》《杨键诗选》《长江水》等。现居安徽马鞍山。

杨键诗选

座位儿空空

人潮涌动，可那座位儿空空，
所有的位置都坐满了人，只有那座位儿空空。

那座位儿空空，一切才成为遗迹。
只因那座位儿空空。

岁岁年年分分秒秒，
所有的位置都坐满了人。

只因那座位儿空空，
一切才成为遗迹。

枯枝

我走到哪里枯枝就跟到哪里，
在大风吹了一夜，
枯枝早已落满的山路上，
有人用绳子拴住那棵枯死的大树。
我的清新是将要来临的秋风的清新，
当那些枯枝被清理干净的时候，
我也跟着干净起来。
但是有一根枯枝还在树头上等着，
人所从未见过的一只鸟的到来。

画画

我喜欢死去的人画的画,
虽然他还活着,
跟我们大差不差,
但他确实死了,
在他家的条案上,
他一笔一笔地画着,
已一口气没了,
他是一个死人,
那么干枯,
最重要的,
那么无力地,
一笔一笔画着,
他不能忍受很有力气的画,
他的每一笔都是僵而硬的,
他不能忍受柔软飘逸的画,
他的头,
吊在一个细脖子上,
那黑乎乎的墨仿佛直接从脖子灌进画里。
他画画,
形同一个死人所为,
他画下了最不像画的一张画。

没有来过

一壶水烧开以后,
如果没人把它装进水壶,
它将在那里冷却,散发,
最后成为一把空壶,
如果这空壶没有人移动,

它会一直在那里，
一动不动，
落满尘埃，
最后成为尘埃，
也是迟早的事情。
如果那空壶是一个人呢，
结局应该一样。
但是有一个人，
当他离去之后，
在他的房间里，
床铺整整齐齐，
被子整整齐齐，
仿佛从未动过，
水杯安安静静，
一切如新，
他好像没有来过。

一片乌桕树林

动物园的乌桕树跟山上的乌桕树一样好看，
也许比山上的乌桕树还好看，
它不是一棵，而是许多棵，
如果是一棵还看不出它的好看，
成群的乌桕树，冬天越黑，它们越美
黑色的冬天好像它们上等的肥料，
很难想象有哪个人比这些树更美。

正好下雨了，雨如金箭一般射下，
它们更美了，因为它们更弯曲了，
这是世上最好的画家也画不出的虬曲之美，
这些树就生活在本市的动物园里，

它们的背景是给我们这个城市所有人看病的医院。
那些树太远了他们看不见,
如果在近处他们更看不见。

只是草稿

村子里有许多柳树,
但只有半截,
矮墩墩的,
都在河边,
而且陷在泥里,
它们都还活着,
就是说,
村里的树都有病,
属于带病生存,
只有几棵尚好。
请谅解,
这些柳树虽然只是一件件草稿,
但是没有一件不美。

发生在宋代的事情

放寒假的时候,
我们坐两三个小时的轮船,
(那时候还有轮船)
来到舅舅家江中心的小岛,
江水退下去了,
我们在江边挖泥鳅,
一锹可以挖出好几条,

仿佛现在还在眼前摇头摆尾,
傍晚的时候,有牛角
冲着我们的肚子顶过来,
赶紧躲开来。
早上四点来钟的样子,
舅妈用柴火熬起白米粥,
我们都在梦中被那米香香醒了,
翻个身又睡着了。
这些事情现在想起来,
好像都是发生在宋代的事情了……

墓地

墓上的草儿嫩,
有几只羊低垂着头,
从上午吃到暮色来临,
没有挪窝儿。

金黄的暮色为它们缝边,
那边儿毛茸茸的,
它们醉心在这金黄里,
还要在这里吃上一会儿。

那墓地里埋的是谁?
为何草儿这样嫩甜?
看着它们忘我地吃草,
不用再去想它们的结局。

可是在过了许多天以后,
脑海里还是常常浮现,
它们文弱无声,
在金黄的暮色里吃草的样子。

陈先发

当代代表性诗人之一,现任中国作家协会诗歌委员会副主任,安徽省文联主席。主要著作有诗集《写碑之心》《九章》《陈先发诗选》,随笔集《黑池坝笔记》(系列)等20余部。曾获鲁迅文学奖、华语文学传媒大奖、十月文学奖、草堂诗歌年度诗人大奖、英国剑桥大学银柳叶奖、美国哥伦比亚大学2022春季大赛翻译大奖等国内外数十种文学奖项。

陈先发诗选

芥末须弥：寄胡亮

五十多了，更渴望在自己划定的禁地写作。
于芥子硬壳之中，看须弥山的不可穷尽
让每天的生活越来越具体、琐碎、清晰
鸟儿在枯草丛中，也像在我随心所欲
写下的字、词、句、篇的丛林中散步……
我活在它脚印之中，不在这脚印之外。
寒来暑往，鸟儿掉下羽毛又长出羽毛，
窗外光线崩散，弥漫着静谧、莫名的旋律。
我住在这缄默之中，不再看向这缄默之外。
想说的话越来越少了，有时只剩下几个字。
朝霞晚霞，一字之别
虚空碧空，裸眼可见
随身边物起舞吧，哪里有什么顿悟渐悟
一切敞开着，无一物能将自我藏匿起来
赤膊赤脚，水阔风凉
枫叶蕉叶，触目即逝
读读看，这几个字的区别在哪里
芥末须弥，这既离且合的玄妙裂隙在哪里
我被激荡着，充满着，又分明一直是空心的

若缺 * 书房

一本书教我，脱尽习气，记不得是哪一本了。
一个人教我熟中求生，我清楚记得，在哪一页。
夜间，看着高大昏暗的书架，忽然心生悲凉：
多少人，脸上蒙着灰，在这书架上耗尽。而我，
也会在别人的书架上一身疲倦地慢慢耗尽。
有的书，常去摸一摸封面，再不打开。有的虽然
翻开了，不再推入每一扇门，去见尘埃中那个人。

听到轻微鼾声,谁和我紧挨着?我们在各自的
身体中陷落更深,不再想去填平彼此的深壑。
冬天来了,院子里积雪返光,将书架照亮了一点。
更多的背面,蛛网暗织。在这儿幽邃纠缠的
因果关系,只能靠猜测才可解开,而我从不猜测。
昨天,在天柱山的缆车索道上,猛一下就明白了:
正是这放眼可见却永不登临的茫茫万重山,我知道
"它在"却永不浸入的无穷湖泊,构成世界的此刻。
哪怕不再踏入,不能穿透,"看见"在产生力量。
有时,我们要穷尽的,只是这"看见"的深度。

* 若缺:作者书房之名。

登燕子矶临江而作

下午四点多钟,登高俯瞰大江。
今天是个细雨天
水和天
呈现统一又广漠的铅灰色
流逝一动不动
荒芜,是我唯一可以完整传承的东西

脚下山花欲燃,江上白鹭独翔
这荒芜,突然地有了刻度
它以一朵花的燃烧来深化自己……
江水的流逝一动不动
坐在山间石凳的,似是另一个我

诗人暮年,会成为全然忘我的动物。
他将以更激烈的方式理解历史
从荒芜中造出虚无的蝴蝶,并捕捉它

为弘一法师纪念馆前的枯树而作

弘一堂前,此身枯去
为拯救而搭建的脚手架正在拆除
这枯萎,和我同一步赶到这里
这枯萎朗然在目
仿佛在告诫:生者纵是葳蕤绵延也需要
来自死者的一次提醒

枯萎发生在谁的
体内更抚慰人心?
弘一和李叔同,依然需要争辩
用手摸上去,秃枝的静谧比新叶的
温软更令人心动
仿佛活着永是小心翼翼地试探
而濒死才是一种宣言

来者簇拥去者荒疏
你远行时,还是个
骨节粗大的少年
和身边须垂如柱的榕树群相比
顶多只算个死婴
这枯萎是来,还是去?
时间逼迫弘一在密室写下悲欣交集四个错字

孤岛的蔚蓝

卡尔维诺说,重负之下人们
会奋不顾身扑向某种轻

成为碎片。在把自己撕成更小

碎片的快慰中认识自我

我们的力量只够在一块
碎片上固定自己

折枝。写作。频繁做梦——
围绕不幸构成短暂的暖流

感觉自己在孤岛上。
岛的四周是

很深的拒绝或很深的厌倦
才能形成的那种蔚蓝

梨子的侧面

一阵风把我的眼球吹裂成
眼前这些紫色的葡萄
白的花，黑的鸟，蓝色的河流
画架上
布满沙粒的火焰
我球状的视觉均分在诸物的静穆里

窗外黛青的远山
也被久立的画家一笔取走

我看着她
——保持饥饿感真好
我保持着欲望、饮食、语言上的三重饥饿
体内仿佛空出一大块地方
这种空很大

可以塞进四十四个师的
轻骑兵
我在我体内轻轻晃动着
我站在每一个涌入我体内的物体上出汗
在她的每一笔中

只有爱与被爱依然是一个困境
一阵风吹过殡仪馆的
下午
我搂过她的腰、肩膀、脚踝
她的颤抖
她的神经质
正在烧成一把灰

我安静地垂着头。而她生命中全部的灰
正在赶往那一天
我们刚刚认识
我伸出手说
"你好"……
风吹着素描中一只梨子的侧面

渐老如匕

旧电线孤而直
它统领下面的化工厂，烟囱林立
铁塔在傍晚显出疲倦
众鸟归巢
闪光的线条经久不散

白鹤来时
我正年幼激越如蓬松之羽

那时我趴在一个人的肩头

向外张望

旧电线摇晃

雨水浇灌桉树与银杏的树顶

如今我孤而直地立于

同一扇窗口

看着高压电线从岭头茫然入云

衰老如匕扎入桌面

容貌在木纹中扩散

而窗外景物仿佛几经催眠

我孤而直。在宽大房间来回走动

房间始终被哀鹤般

两个人的呼吸塞满

养鹤问题

在山中,我见过柱状的鹤。

液态的或气态的鹤。

在肃穆的杜鹃花根部蜷成一团春泥的鹤。

都缓缓地敛起翅膀。

我见过这唯一为虚构而生的飞禽

因她的白色饱含了拒绝,而在

这末世,长出了更合理的形体

养鹤是垂死者才能玩下去的游戏。

同为少数人的宗教,写诗

却是另一码事:

这结句里的"鹤"完全可以被代替。

永不要问,代它到这世上一哭的是些什么事物。

当它哭着东,也哭着西。
哭着密室政治,也哭着街头政治。
就像今夜,在浴室排风机的轰鸣里
我久久地坐着
仿佛永不会离开这里一步。
我是个不曾养鹤也不曾杀鹤的俗人。
我知道时代赋予我的痛苦已结束了。
我披着纯白的浴衣,
从一个批判者正大踏步地赶至旁观者的位置上

渺茫的本体

每一个缄默物体等着我们
剥离出幽闭其中的呼救声
湖水说不
遂有涟漪
这远非一个假设:当我
跑步至湖边
湖水刚刚形成

当我攀至山顶,在磨得
皮开肉绽的鞋底
六和塔刚刚建成
在塔顶闲坐了几分钟
直射的光线让人恍惚
这恍惚不可说

这一眼望去的水浊舟孤不可说
这一身迟来的大汗不可说
这芭蕉叶上的
漫长空白不可说

我的出现
像宁静江面突然伸出一只手
摇几下就
永远地消失了
这只手不可说

这由即兴物象强制压缩而成的
诗的身体不可说
一切语言尽可废去，在
语言的无限弹性把我的
无数具身体从这一瞬间打捞出来的
生死两茫茫不可说

绷带诗

七月多雨
两场雷雨的间隙最是珍贵。水上风来
窗台有蜻蜓的断肢和透明的羽翼

诗中最艰难的东西，就在
你把一杯水轻轻
放在我面前这个动作里

诗有曲折多窍的身体
"让一首诗定形的，有时并非
词的精密运动而是
偶然砸到你鼻梁的鸟粪或
意外闯入的一束光线"——

世世代代为我们解开绷带的，是
同一双手；让我们在一无所有中新生膏腴的

在语言之外为我们达成神秘平衡的
是这，同一种东西……

铁索横江，而鸟儿自轻

沈浩波

1976年出生,现居北京。2016年创办"磨铁读诗会",致力于传播、推广、出版中国当代先锋诗歌和世界范围内的优秀诗歌。诗歌被翻译成英语、西班牙语、德语、俄语、丹麦语在海外发表。

沈浩波诗选

一件小事

那年我家盖房子
为了向外公借钱
妈妈给外公
买了一件黑呢子大衣
买大衣的钱
是外婆偷偷塞给妈妈的

在我出生之前

妈妈从她工作的学校
顺着河坎走回家
饿得前胸贴后背
我想象着她
无力爬上河岸
坐在地上
流泪时的样子
我曾在照片上
见过年轻的妈妈
梳着两条粗粗的麻花辫

在一场诗歌朗诵会上

我最后一个朗诵
下台后
一位女士走来
送给我一捧鲜花

是一大捧

不是一小捧

沉甸甸的

我是唯一一个

收到鲜花的

旁边的诗人

投来惊讶的目光

我面无表情

但心情复杂

送花的女士我认识

是我公司的同事

准确地说

是我的员工

最近公司要裁员

她也名列其中

他在西安当特警

重要外宾来访

他被调去

给兵马俑站岗

他和战友们

站得笔直

几个小时

一动不动

眼睛一分钟

只眨一次

令外宾们

啧啧惊叹

说他们是

"活着的兵马俑"

那年他十八岁
觉得这是
莫大的夸奖
内心充满了
荣誉感

成贤街

我俩撑着一把大黑伞
从东直门往回走
现在走到了成贤街
一开始是我举着伞
后来换成她举着
深夜的成贤街很安静
听不到任何声音
路两边各停着一排车
红色的是消防车
绿色的是吸尘车
一颗水珠从头顶的树上
滴落在我们的伞上
啪一声
恍若巨响

我们这才发现
雨已经停了

大海

在一座海滨城市

我坐在一辆
红色小汽车的
副驾驶上
打盹儿
当我睁开眼睛
看向窗外
惊喜地喊道
"大海"
开车的人没有说话
几秒钟后
我自己也知道了
窗外暮色中
只有一条
刷着白石灰的墙

悄无声息

过完春节
大年初二
他去了云南
找到了一座
偏僻的小山
在一棵树下
放了一把火
把身份证和
背包、衣物
扔进火中
然后把自己
悬吊在树上
等待火势变大
给自己火化

他的计划
并未完全成功
尸体只被
烧坏了一部分
警方依然
找到了他
在河南的家人
他的父亲
就像他没死一样
在葬礼上骂他
没有出息

二〇〇一年：做生意钱赔光了

新开的小公司
眼看要关门
求助于朋友中
最有钱的一位
向他借五万
他大我十来岁
一直对我很好
约好时间
到他办公室取
他面无表情
神色冷峻
拿起皮包
恶狠狠地
一沓一沓
往外掏
掏了三沓后
停顿了一下

愤愤地说
"我对我儿子
都没有对你好"

煮羊肉太好吃了

那年我六岁
冬天的傍晚
我爸骑自行车载我
经过镇小学时
突然对我说
"校门口开了家羊肉馆"
我没有说话
我爸往前蹬了几步又说
"羊肉太贵了"
我还是没说话
我知道羊肉太贵
我爸又往前蹬了几步说
"冬天吃羊肉挺好的
你还没吃过羊肉呢"
我还是没说话
我知道我爸在犹豫
我们最终去吃了那顿羊肉
——煮羊肉

在山中

车上的五个人
都陷入了沉默

谁都不知道他会
将车开到哪里
什么时候停下
刚才我们
已经有过争论
三点的时候就有人说
我们可能走错了
但他淡定地说
放心吧，没错
四点时吵得更加激烈
但他的双手
坚定地握着方向盘
令我们的争吵
变得毫无意义
现在已经五点了
天色向晚
浓密的树荫
令盘旋的山路
变得更加昏暗
我们四个都已经知道
他开错了
我们也知道
他知道自己开错了
并且他肯定也知道
我们知道他开错了
没有人再说话
车上一片安静
汽车如同无人驾驶般
继续前行

严力

诗人、艺术家，1954年生于北京。1973年开始诗歌创作，1979年开始绘画创作。是1979年北京先锋艺术团体"星星画会"和文学团体"今天"的成员。1985年从北京留学美国并于1987年在纽约创立《一行》诗歌、艺术刊物（2000年停刊），2019年6月《一行》在纽约复刊，继续任主编。2018年出任纽约"法拉盛诗歌节"主任委员。

严力诗选

一百米

虽然只有一百米
但追逐者们一次次地
退回到起跑线上重新冲刺
但还是没能跑进
九秒以内的文明

课题

不需要解释麦穗上
为什么长出了苹果
而是要分析
麦穗为什么不想当麦穗了

六步法

人类进程六步法：
几个人消灭一个人
一群人消灭几个人
一大群人消灭一小群人
建立城邦和国家
实践家法和国际法
维护谁也没有消灭谁的
社会秩序
问题是
这六步法一步也没消失
它们继续在世界上
同时奔走

温暖

从窗口探进来的阳光
极其炫目地
温暖着桌面的东北角
那里很快就滋出了树苗
并且顺理成章地粗大起来

我情不自禁地顺着桌面
把它砍伐下来
其中的一部分
还成为了另几张桌面
它们的记忆里
有着东北角的阳光
以及桌边的我

它们对自己飞速成材的回味
一次次地温暖了我

更好

感到自己的创作状态不错
好像已经知道往后几天
会画出什么样的画来了

但我还知道
在没有构思也没有草图
只有一堆颜料时
空白画布的状态
比我更好

而是孩子

他叙述起自己几十年打拼的
那些大起大落时
都被总结成抛物线
落地后的坟头表面
还是会微微地发烫
就像教科书里
某页说了谎的段落

他拜访过很多城市的学校
从教室的窗口看进去
低头背诵的不是谎言
而是孩子

元旦

因为各种自然或
人为的失落
每年的元旦
我都会分娩出
羽毛飞回翅膀的感觉

门框

人造的风暴
充满了席卷情感的力量
你在整个世纪的翻滚
串通了每个时期的经历

同一个社会空间
必须听任四个角落的互相限制
无论你被占据中心的权力
挤压出什么样的形状
镜子里看到还是你自己
别以为未来会有多少改变
人不可能大于
门框的尺寸

飞

我一直喜欢仰望飞鸟
以及展翅的飞机
或者滑翔的云
多年之后才顿悟
无论使用什么样的标准
风才是飞翔的唯一高手
也只有风
在撞墙撞楼撞山撞地之后
还能飞

苦咖啡

阳光在上午八点后
弱弱地来到了我的窗台上
还能感觉到
阴霾慢慢地隐入大地的怀抱
我回味昨晚的梦
它分成隐隐约约的两部分

就像阴霾与阳光
我伸了个懒腰
端起那杯日常的苦咖啡
至于糖和奶
多年前就已被妈妈
存进了我的体内

除了

人体内
除了食物
没有田地和果园
除了饮料
没有江河湖海
除了欲望
没有教堂和寺庙
除了想象
没有云朵和星辰
除了磨损与衰老
没有四季轮回
除了疾病没有矿产
除了极限没有无限

地球之内
除了男方和女方
没有远方

胡弦

诗人、散文家,著有诗集《定风波》《水调歌头》《葱茏》等。曾获鲁迅文学奖等多种奖项。现居南京。

胡弦诗选

江都的月亮

题记：1. 扬州，古称江都，大业十四年（公元618年），骁果军发动兵变，隋炀帝被叛军缢杀于此。2. 扬剧发源于扬州，以花鼓戏、香火戏为基础，吸收清曲、民歌小调等形成。

他们

1. 他

他在打电话，在赶往剧场的路上，
有次他停下来，在路边抽烟。
时间还早，他也并非真的在赶往一个朝代。
然后他继续打电话，为股市、
孩子上学、降糖药，以及
一个女演员的风流韵事。
在剧中，他是皇帝，但只是个配角。
——在一部杜撰的爱情戏里，皇帝
做个配角是正常的。如果
继续夸大爱情的分量，大到足以
引爆国家的心脏，皇帝
跑跑龙套也无所谓。他的经验是：
能否演好一个皇帝，关键是
对剧情的理解，而非对历史的理解。
他是个昏君！（……）
他是个荒淫无道的人！（……）
他的经历充满了戏剧性。（也许是更适合戏剧化。）
曾有什么人和他在一起？（不知道，
不过，已经要多少有多少。）
他已赶到了剧场。

他到后台候场（女主角的声音，正隔了一层隔板
从另外的朝代传过来。）
有了角色，才能谈论不幸；
有了脚本，连那历史里从没出现过的人
也获得了发出声音的权利。
——你不曾想到他会出现在那里，但他
就在那里。每部戏里都有
多出历史的部分，都有无中生有的人
在为自己的生存抗争。而如果
想做个清醒的历史主义者，你要
阻止自己入戏，因为
一旦加入就太晚了，尤其是
有人还成了主角，并把
一个皇帝逼到了配角的位置。
他在候场，总听到一个声音在提醒：
你是配角！（——）
要有配合意识。（——）
要知道主角的重要，不能抢戏，
最重要的是要知道，现在，导演的话才是圣旨。
他被剧情裹挟着回忆起
从前，他产生过的另外的情绪。
（——月亮悬在中天，当年就是这样。）
他瞥见正走向舞台的人，灯光
照亮了他们的朗目、面颊、朱唇。
他套上戏服（有些荒诞感），
龙，还在龙袍上张牙舞爪，而他
在别人尚未结束的唱腔中做好了准备。

2. 他，或者他（一）

从前发生的，现在已变为戏剧。
而角色，类似修辞中的比喻：总有

另一个角色维系着它。
——已被角色带走了吗？实际上，
你仍在那里，因为比喻只能提供一个幻象。
这边锣鼓喧天，那边，清淡寂静。
锣鼓在响，有人在唱，有人在念白：
——你将完成那角色。
——你等于什么也没有做。

3. 他（一）

我将出场。
远去的朝代，我继续参与。
当然，我会小心，尽量不使用原来的感情。

据说，那些在表演中
杀掉过父亲许多次的人，
将不再有痛苦。
我已做出了决定，在舞台上
我会下令再杀掉一些人（一想起当年，
就会有个声音说：要再疯狂些）。
一种再次敞开的生活，我将
重新成为我，甚至，成为另一个陌生的我。
我曾需要所有人战战兢兢。现在也是。
这感觉很好，一个配角才是
真正的主角（就像当年那样），当有人
在戏台下鼓掌，这正是来自未来的掌声。
夜晚已来临，这是早就在预感中存在过的
讲述我的夜晚。在我
以讹传讹的故事里，仍没有人
能取代我——那消灭了
一切的时间已让我重生。
哦，现在正是那无穷远的以后，埋我的人

也重生了。
他使用的仍是从前的名字,
他将变成一个挖掘者。
死者们就像趋光的飞蛾,他们
会在灯光的引诱下,
来到一座舞台(这非人间的台子)。
"只要能重新开口,死,也是划算的。"
但更多的人已变成观众,只有
在黑暗中,哦,只有平民的身躯
才能告诉他们什么是人间,什么是
神,以及能带来庇护的供奉。
(一遍遍演我,他会越来越神奇。)
哦,有人喜欢戏剧,因为它是可以修改的,
喜欢演员,喜欢他出了错也只是
为艺术增加了点小插曲。
天下太平,灰尘都被扫掉了,
干净的舞台上,连道具都是欢喜的。
锣鼓在响,好戏在上演,灯光
太耀眼了,只有少数人注意到月亮的存在,
并意识到,戏台和天下,
一直都在它的注视里。

4. 他,或者他(二)

台词容易,动作也不难,难的是
利用语调来透露出意味。
舞台,只会对演员有要求,而一个演员
被表演的原型俘获时,
才能意识到那些事关重大的东西。
当你出场,如果空气激变,那是你成功地
找到了心灵崭新的框架;而所谓
对细节的突破,也只是你面部线条更生动的变化。

你已完全理解了你成为的角色,正在一条
看不见的河流上,熟练地处理各种漩涡。
戏剧化后的角色,正是自己的敌人:你将
如何控制你的欲望和惊悚?
你已愈加明白,戏只是戏,表演只是一种技巧,
对于历史,你接到的,只是个似是而非的故事。舞台
一旦无限扩大就会失效。
现在,观众安静,你在背台词,被台词
扣留在一种不熟悉的关系中。
但你的影子,那不在艺术范围内的东西
正跟随我的移动而移动,超出了剧情,如同
无声的风暴在研判天空的需要。

5. 他(二)

刀枪剑戟白亮——这是另一种博物馆,
在聚光灯下摆脱了幽暗。
利刃上没有锈迹——它不是
那跨越时光的光结出的暗淡的痂。
它仍在提供情节,把观赏者送入幻觉领域。
——在所有道具中,当初,
它是最先停止的那个。

傲慢的心来自摇曳的剧情。一叶白帆
正是在那里出现的。
是的,当我感觉到摇晃,船和天下
才开始摇晃。
多么逼真,大运河在舞台上伸展,甲板前
明晃晃的天空正被船剖开:也许,
正是痛感使一条河
越来越长,以至于忘记了
抛在身后的那部分还在痛,并在其

强大的自愈功能中,
突然沟通了另外的世界。

是的,我是自信的,虚无的城
在我手指下移动,利刃
那锋利的一瞥之所见,含着轻蔑,
近乎无所见。但这不是真的——军队
正穿过无人地带。但这
几乎不是真的——戏台上的早晨
是失真的早晨,当我

从梦中醒转,奏乐人,
已把急促的节奏和早餐一起送来。
天下是一条河,残月是一匹跑坏了的马,
信使却是个陌生人:
他潜伏在朝代深处,一直
没有引起我的注意。

6. 他们

他们是臣子,上朝,上奏章,
互相攻讦,有时说着赞美的话,
像在愉悦一个垂死的世界。
其实,他们各有打算。
——这是乏味的老故事:
不是国家怎么办,而是自己怎么办。汇聚在
朝堂上的焦虑无关国事。
他们被越来越熟练的技巧改变,
评估事件,预设情节,计算着
哪些将很快成为过去,要怎样做才能
和任何危险相伴都平安无事。
回到府邸,他们饮酒,观赏舞乐,

庆幸又一天的平安结束，
想起那些遭殃的人，下狱者，被砍头者，
有些许悲戚，同时，
惊讶于自己还有残留的感情。
皇帝死去。对于一个死者，无论如何，
你不好意思问他为什么会死，但是，
问一个演员是可以的。
"哦，因为我还可以活过来。"他笑着说。
大家都笑了，明白，
有种至关重要的谈话，
始终无法发生。
散席后，无人再去深究剧情，除非，
你有挥之不去的焦虑症。而且
这戏曲早已老了，虽然
仍有人在唱它，演它，它
却早已被列入了文化遗产名录。
情节也太陈旧，每次演出，
不像是在等待开始，
更像是在等待结束。

月亮传

1. 剧务的回忆

今晚有两个月亮，
一个在高处，像个吸盘，
它吸附在天顶，以免掉下来。
一个在屏幕上，不动，觉得自己
已成为一个新的光源，并努力让自己

比真实的月亮更亮一些。
我想起从前，舞美简陋，使用的
纸月亮，演一次，剪一次，
不发光，只是白。
剪纸的师傅说，只要剪到月亮，
手指就会不适。有一次他举起完好
无损的手对我说：你看，
又流血了。

2. 化身

月亮在地平线上时，看上去
大了很多，像一个刻意变大的入口。
（树木和楼宇尖顶的剪影，都已在其中。）
据说，任何事物被傲慢的理想
充满时，都会变大，并难以自控地开始上升。每次
当它接近地平线，万物就会变形，
以便更顺利地进入其中。
随着剧情的展开，月亮
渐渐脱离了人间。据说，当有人站在月亮上俯视，
宫殿、军营、山峦和郡县，都会变小。
月亮继续上升，它终于意识到
自己已摆脱了工具的身份，以及
万物朝它奔聚的愿望。
——它已是过量梦幻的化身，
是的，后来，所有人都望见了月亮。
而月亮里究竟有什么？从前，
月亮和我们都不知道。现在，我们吃惊于
对方从未有过的发现，
和彼此的身体正在发生的变化。

3. 宿主

——它来自另外的地方。
你不知道,也不属于那里。
 "这是何种秘密的宿主,抑或,
只是月亮的寄托?"
有过这样的事:最美的女人会变成一朵云,
飘进月亮。而嗜血的将军
像只狗,月亮是他追逐的猎物。
——如此冒险的事业,仿佛
占有月亮才算占有了世界。
 "是的,被放大的梦是危险的,
因为你的梦,同时也是别人的梦……"
——你已得到天下,但还不够,还要
再加上月亮。
当它在天空中洒下清辉,仿佛
所有人都受到了邀请。
天下大乱,许多个夜晚,月亮不知去向。
而那脱离了人们视线的月亮,是一个
真正放荡的交际花。是的,
拥有过多激情的东西,都是不可靠的。变幻、
不贞的脸,被动过手脚,却又拥有
无与伦比的修复能力:它从
一瓣苍白、咬紧牙关的嘴唇,
重新变成了一个圆满的圆。当所有事
都变成了往事,它仍悬挂在那里。
是的,你意识到借助戏剧,一切
都能重新开始。只是
你已变成了声名狼藉的人。

4. 大臣

——那是疯狂的夜晚，
也是舞台无法重现的夜晚。
在那条看得见的河流上，宫殿群在行进。
龙舟，长二百丈，上面的正殿装饰着金玉。其后，
是皇后的翔螭舟，是嫔妃、官员、僧尼、士兵……
几千艘的船队，如此沉重，让人怀疑，
大地会不会被压坏掉？
纤夫们弓着脊背，喊着号子。他说，
他高兴的时候会觉得
那号子声，比软绵绵的宫廷音乐动听。
实际上我知道，他们已累坏了，甚至，
那条长长的河也累坏了。
肃穆朝堂（虽然略有摇晃），斑斓大殿，
一直在被黑暗的力量把控。
而月亮悬在中天，像另一个中心。因此，
像有两个天下在旋转，一个
围绕着这大殿，另一个，围绕着月亮。
我顺从地跪着，但另一个我
在接受月亮的吸引，我必须
抓住点什么，否则，
抵挡不了权力那巨大、旋转的吸引力。
岸上有个人，瞥见过皇后美丽的脸，
然后他就不见了。我眼见那么多人，
走出这大殿，一上岸就不见了。而所有的
赏月者都知道，他把那月亮看作
是他一个人的月亮。
——帝国是他的，漂亮的妃嫔是他的，
人，都是他杀的。
抬头的瞬间我看见
月亮，正冷冷地望着我，欲言又止。
光影朦胧，世界如同废墟，

冠冕，华服，恢宏殿堂，白日里曾火一样燃烧，
现在，都恢复了冰冷的属性。
还有那面如满月的妙人儿，像来自
月亮的族群。谁是胜利者，
她们，就是谁的战利品。

5. 皇后（一）

我是美丽的皇后，
焚香的时候，风吹动我衣袂的时候，
我仿佛在天上。
从前，也许我真的曾和月亮在一起。
现在，香在燃烧，烟缕
像一个从人间出发的心愿，
风一吹，断在了空气中。
月亮，对此一定有所感应吧？
这圆圆的一轮，当它减半，或只剩
弯弯的一角，它一定知道
团扇掩去的半张脸，或怀抱琵琶的人
那幽怨的眼神。
"你在悲伤什么？"我和水中的倒影
都已伫立了很久。风拂过
岸上的薄衫，而水美人就要涣散了。
"听说天下已大乱，有人
想杀掉皇帝……"那前来
传话的人，我要求他噤声，因为上一个
去皇帝那里送信的人已被杀掉了。
是的，开口是危险的，而月亮
因为懂得了沉默才一直很安全。
曾有个方士，夸赞我面如满月。这夸赞
同样是危险的，意思是，
黑暗已开始了；意思是，

只有天空适合我孤独的一生。
但另一个占星人说,这不可能,因为,
月亮要确认的,正是它与人的不同。
人会依恋人间而月亮不会,
人会老去而月亮不会,
人会使用她全部的爱而月亮不会。
也有人说,月亮是我众多姐妹中的一个。
"这是不对的——"
月亮说完,就从窗口离去了。

6. 皇后(二)

暴乱的军人不看花,
失火的天堂不可救。所以,
船队在既定的河道上,惊骇和恐惧却会
走错路,甚至走错城市和年代。
当它们变成台词,人们才发现:
舞台那么小,的确没有人能跑得掉。
我曾撩开帷幔欣赏风景,岸上,
有个人站在风中望着我,说着疯话。现在,
他已躲进一个叫瓦岗的山寨里。
但我知道,那山寨提供不了庇护。
我还知道,这是一个开始:从此,无数山头有了
奔走世界的冲动,并带来一个磅礴乱世。
峰峦如聚,舞台太小了,那些
纤夫、乡绅、金发碧眼的朝贡者、小吏、流民,
像五颜六色的货物,已被装进船舱,
沿河流散去,成为慌乱的崩坏者。
不像这舞台上,代表已逝之水的空白中
一枚枚看不见的桨,在单一的
拨水动作中保持着镇定。
但我知道,恰是这些不愿显形的东西

在持续用力,为了另外的主张。

7. 皇后(三)

这辈子我演过许多女主角,
从二十岁演到了五十岁。
从前,忠贞的爱情受欢迎,我演过
祝英台、七仙女、林黛玉。现在,
多角恋更有娱乐性。
但在野史般的戏里,有一大群皇帝丈夫,
对于我还是第一次。
(导演说,不就是多换几套戏服吗?)
我是一个帝国崩盘后的遗产,
我至高无上,又是卑贱的。
我是皇后,被宠爱,被挟持,被劫掠,
像玩物一样被索要,被送出(如是者二)。
几十年过去,我仍是青春模样,
(导演说,为了煽情我必须
在两个小时里一直保持年轻。)
但我知道,我并没有真正的爱,因为
皇帝们要爱的太多了。
我是孤独的,他们低头处理大事时,
我一般都在抬头望月。
他们死去多年,或正在死去时,我仍在望月。
顺着这条河,我从南到北,
从江南到中原再到塞外,当我
重新回来,丈夫和朝代又换了一茬。
作为女人,我飘蓬般的一生是失败的。
但在舞台上,因为获得了六个皇帝
虚构的爱情,我像忽然变成了
和我自己无关的传奇。

8. 月亮坏了的时候

当月亮坏了的时候，
是谁修好了它？
而如果天空坏了，
有人能去修好它吗？

我曾命人去挖一条河，一条很长的，
你们从没见过的河，
以便通过它，更方便地
去修理已经坏了的国家。

我向臣子们描述过那完美的世界。
——它并未出现，他们只能假装相信。

而关于月亮，你们都错了。
它不过是个孤儿。它曾在那么多的
朝代里流浪，却一直
缺少一个真正的监护人。

9. 打捞

那月亮并不知道，
它只是月亮的片段。
那死者并不知道，
他只会成为活人的片段。
实际上，连缀无效，
当月亮已可以走得更远，角色
倒像是被扣留的人质，使未来
有了多重性：它既是过去，也是现在，唯独
不是被提前确定的未来。
——让月亮来承担吧，

当它借贷了国家的梦,他和他
同时抬起头,看见
天心的一泓,
就像同时看见了最好的光阴。
而当月亮像一块压舱石,把困惑
押往他乡,一张缺口的口,
吃掉了年代间漫长的距离。无人
再过问片段中深藏的秘密。
——它丢失了它运载的,所以,
作为景观的舞台上,有人歌唱,有人眺望,
只有少数观众,与剧情
若即若离,
通过角色打捞真正的你。

巷道

已是地下八百米,
听到最多的是安全须知。
几个人,像几块陈旧的铁矿石。

"洞壁经常要维修,
因为压力太大,有时,
碎石会像子弹一样射出……"
铁罐车嗡嗡滑行,旁边的侧洞里
有只救生舱,静静地
等候在某个不确定的时刻。

铁轨继续延伸,巷道
像没有尽头。
后来,我们从车上下来,站在
黑暗深处,有那么一会儿,

像站在一种
等待被枪毙的寂静里。

五七纸*

大年三十，
去给岳父烧纸。
明天就是春节了，我和一群人
走在最后的冬天里，拎着
大大小小的袋子。
风吹着原野，大家说说笑笑，
快走到坟前才静下来，气氛
开始变得沉重。
二舅哥绕着坟浇了些白酒，
又在坟边画出一个圆圈，
大家开始在那圆圈中烧纸。
妻子把袋子里的纸倒在圆圈内，
土黄色的草纸，已用针线
穿成一串串铜钱模样。
当火苗蹿起，她开始念叨：爹，拿钱……
然后啜泣起来。另外的
几个女人也跟着啜泣起来。
过了会儿，大舅哥说，行了，不哭了。
哭声停了下来，只剩下风声
和火堆的声音。
在这最后的冬天里，训诫性的劝导
已能管理好容易失控的情绪。
大家继续烧纸，
有的纸像金箔，叠成元宝的模样，
有的则是成捆的"钞票"，
这是另一种纸钱，做得精致，看上去

甚至有点像外币。
看来，几乎一辈子没有
走出村庄的岳父，在另一边也许
将有个完全不同的人生。
成捆的钞票不容易烧透，内侄用竹竿把它们
扒拉出来，挑散了烧。
我留意到有种"钞票"，面额巨大，一张
就是一个亿，票面上的人的脸
陌生，从没见过，也许是某个
来自未知世界的人物吧，让人疑心
在他们那里，通货膨胀
已严重到了让人惊心的程度。
这时，风大起来，把几张"钞票"
吹得像鸟儿一样飞起，
我们赶紧追，把它们
一一捉回。我边捉边想，一张
也不能漏掉呀，不能让它们把恐慌
释放给我们正生活的世界。

* 故乡习俗，下葬结束三十五天时，亲人要到坟前为逝者烧纸祭奠。

柏桦

1956年生于重庆。现为西南交通大学人文学院中文系教授、博士生导师,出版诗集及学术著作多种。曾获安高(Anne Kao)诗歌奖、《上海文学》诗歌奖、柔刚诗歌奖、红岩文学奖、花地文学奖、四川文学奖、首届东吴文学奖。

柏桦诗选

家庭生活
——致母亲

> 我一直在寻找一种母亲之美，一种但愿找不到她的神秘之美。
> ——柏桦

我告诉了你吗？妈妈
我首次出现幻觉的时间是
六十一年前一个春天的午后
我一下看见了旦暮之间
已是绯红的千年

我记得当时我在北碚电影院门口哭
妈妈，下午的时辰快到了
你别进去，我们不看电影
我们快跑吧！刚才，
我们不是从餐馆跑出来了吗

如今，我已六十六岁了
成都有个伊藤洋华堂
每次跟你外出购物
只要来到这个明亮的商场
我都有一种少年的激动

仿佛我老了重获新生
我们还会活多少年？
还会一起上街多少次？
你还会像少女那样爱生气吗
后来，我一直在想……

大江在闪耀，世界热得
没有一个人，预言是恐怖的

尤其在每日的下午
我们会忘了下午的大桥?
你真会恼恨我不敢往桥下跳?

是的,锯子和梳子还那么神秘
装蛋糕的黑铁筒直装到老年
是的,弹琴费指甲,说话费精神
但是高痰盂因红花而鲜艳
越用越新,直用到永远

惋惜

为什么我会念念不忘此事,会在六十六岁时为十岁时没看到的这一幕惋惜?那是因为医生之子对我讲述的这一幕太刺激了,我们甚至相约第二天共同去观看,但神秘的事发生了,第二天,那个浴室消失了,我们无论如何也找不到它了。
——前记

一阵风……
医生之子从嘉陵江桥头归来

"夜行驿车"也驶入了上清寺邮局

医生之子闲逛了一会儿,真巧,
迎面有一个小脚手架子
有一格木头窗户透出强光
他一跃而上,看到了什么?

一间浴室凭空诞生了!
(只为今夜,第二天它将消失)

流水哗哗不停……
香皂的气味不停……
水泥地面湿得发亮
一个女巨人的裸体白得发亮……

五十六年后
我还在艳羡医生之子吗?
诗神还在为我的缺席惋惜吗?

感谢时光!唯有医生之子
才最懂得我这句偷来之诗:

六十六岁的我为十岁的我惋惜

云和推云

一、云

> 白云千载空悠悠
> ——崔颢《黄鹤楼》

云,少年其芳
曾在万县的小楼上凭窗遥望
像少年的波德莱尔
他也偏起细细的颈子
"我爱,我爱那云啊……"
春云、夏云、秋云、冬云……
那是他的学习年代
深深沉浸在唐人的绝句里
一边画梦

一边数如花的流云……

云,常常被看成
一座座天上的白宫殿
夕阳红云呢,又让人想到
干部离休的晚年
东方的万叶集呀
有时满天黑云飞渡
但大多数时间里
云如佛系之蓝……
蓝空下(孩子们何曾关心过)
郑愁予递过来一件衣钵

错误之后还有什么来到小城?
我竟然都忘了,只记得
"我提过你的箱子,
像怀沙的沉重"。
老年终究是不是个负担?
一切已逝,再不回返
云近如人生,远如人亡
一九六四年春节的白云呀
庾信白居易的今生今世
在东京有龙恼龙嬉

二、推云
纪念马高明(1958-2022)

> 白云一片去悠悠
> ——张若虚《春江花月夜》

我们曾经年轻的握手
握紧过我们年轻的潮湿

记得吗,高明兄,人生多么神奇
这事发生在北碚
后来,我们重逢于北京
你致命的喉结又多出来
一股和平里的酒味
哪一次酒后?你在床上翻筋斗
在紧绷绷的卫生间
亲吻了一个妇女

好快,你的诵诗声
被制作成了木纹唱片
木与命有何关系?除了床和棺材
今天,我不想再谈
那杀了你一生的啤酒
我只想打听山中花岗石的价格
问问古刹里的养鹅人
他们是不是假僧?
我要种一棵树
完成末日最后一件事

从此,人放弃远眺
会让人感到平静吗?
河北平原始终一望无际
却没有人关心,一路走好
死者的双眼已盖上两分币
从此他将不会转世为爬虫
也不会转世为牛、猪、蛇、蚕
某种病毒或可怕的蛆
人的希望啊!买风卖雨多好
他的职业是推云

杨克

现为中国作家协会主席团委员、中国诗歌学会会长。出版13部中文诗集、4部散文随笔集和1部文集。在日本诗潮社、美国俄克拉赫马大学出版社、西班牙萨拉戈萨大学出版社、英国剑桥康河出版社和埃及、韩国、蒙古国、罗马尼亚等国出版了多种外语诗集。曾获剑桥徐志摩银柳叶诗歌奖等国内外文学奖。

杨克诗选

唯见长江天际流
——与李白同游

序

长江是上天早已预留给李白的
如椽大笔。等到他二十五岁那一年
便从四川江油的青莲小镇
仰天大笑出门去
这一路上仗剑去国,峨眉山月
驾着一轮清秋,诗的吃水线
几乎浮沉着半个大唐
影入平羌,清新飘逸的诗仙
穿过三峡,渝州迎接他的是
火锅中的沧浪

千里蜀江行旅图,不过是
长江试笔的一小划
来了来了

月亮确是一个绝佳的千古旅伴
飞龙秋,游上天,没有比李白更癫
更狂

一千二百年后,我辈岂是蓬蒿人
看到一个个浪里白条弄潮儿
勇立潮头,来了,来了

一

三峡七百里,两岸山连
略无阙处,只有轻舟上的李白

敢叫巴东的猿声
在此空谷传响，旷费哀曲

它悲由它悲，全交给这凄异的万重山
它愁由它愁，全送给这彩云缭绕的
白帝城。

李白的海量岂是千里江陵可盛
景秀山川，皆可闻吐纳珠玉之声
二十五岁，意气风发，他的出场
教夔门、天坑地缝、黄金洞、古悬棺
一一后撤。

二

二十五岁，今天的天门山索道
又岂能知谪仙出川的豪情万丈
敢令长江开道，东梁和西梁
不过天门门扉，半开半合难分
高下，而与李白一起到达的黄金
岁月，到此，又倒流向北迂回了
一下

日边一片孤帆，来了，来了
两列青山纷纷让出滔滔云白
当涂的叔父，骑一江碧波
乘着大鹏，来了，来了
山随平野尽，江入大荒流
天与星月垂，诗成鬼神惊

三

江长情亦怅，李白发青溪，向三峡

下渝州，渡荆门，踏波东下
意欲南穷苍梧，东涉溟海
这一路无数次与友饯别，留下多少
千古绝唱。

在崇山峻岭的奔腾中
不见曦月，夏水襄陵
此自蜀入楚，歌赋渡荆门
长江替他笔若风樯阵马
一路神行

哪一句不是壮思
哪一次不是壮游，包举宇宙气象
包办诸神气派，月下飞天镜
云生结海楼，来了，来了

一千二百年后，天生我材必有用
我看到商海诡谲中高耸的摩天大厦
风正一帆悬，来了，来了

四

雨色秋来寒，风严清江爽
襄州率道县南九里，白酒一樽满
在荆州江陵县东北六里
坐歌天地清，老裴好歹也是侍御
在长江送别，十年身未闲
在国脉写诗，千载人间名

只不过浪淘尽了，谁记得谁
地与山根裂，江从月窟来
子美到这，再也不苦吟
千崖万壑，云遮雾障，也拦不住

滚滚的大唐绝句。而李白
伴着纤夫闯滩号子的鼓点
多少浪里来的诗句,东去,东去

五

君去沧江,赤壁有鲸鲵
他心有大鹏。借长江千里送君
以壮诗魄,万骑临江貔虎噪啊
千艘列炬鱼龙怒。卷长波,能不想
周郎。

悠悠且回赤壁,浩浩又略苍梧
矶头一霎,天下三分。而今,他在这儿
挥一挥手,他在这儿送客放舟去
他在这儿送走的张君、刘君、裴君
展江南,他们全都成了千古名人

六

长江是大地最深情的一笔
尤其楚水这一段清澈像天空
仿佛碧泉相通,今送宋之问的弟弟
人分千里外,诗在一江中
猿鸣声声念着晚风中的韵律

珍惜每一次与挚友的离别
每每句成,深为江海言
明朝广陵道,独忆此江浪
都停顿几秒,为落泪的人驻足

终当过江去,爱此暂踟蹰
再多的逸兴也得暂交镜湖了啊

徕山的孔巢父、韩准、裴政
还有张叔明、陶沔，李白与此六人
占领竹溪久矣，长江都看不下去了

七

李白继续顺江东去
大江移来的杳杳山外日
涂红了白浪

而茫茫江上天，还他一泓洞庭水
大雁也带来一片潇湘烟
在这儿倚剑，只能徒增半斤浩叹
在此扪襟，只会聊加八两自怜
算了，别了这湖，还有那湖
大地慷慨，不会欠人生一杯

不拜苍梧帝，也不寻溟海仙
他自己便是，他本不是世中人

八

子胥既弃吴江上，屈原终投湘水滨
行路难，行水也不易
一弃，一投，身便直挂云帆
一程山水一年华，一世浮生一刹那

归去，也有鱼龙也有虾
不羁客有不羁客的浪子路啊
此去带吴钩，收取关山五十州
怀抱风雨三百寺

长江仿佛游行大地上的巨龙

骑其上,自有不勒之势
时空阔绰,不会欠生命一跃

九

仗剑去国,辞亲远游
长江就是李白的亲人,诗的脐带

无论到哪儿,大地都用两岸
陪他飞翔。

江城五月,落梅花也不悔
还有黄鹤楼陪他点笛渡白云
管它长沙与长安,只要长江在
哪儿不是家啊

每一朵浪花都是邻居
笛声急,涛声切
每一滴泪水都收藏燕子的翅膀

十

日暮乡关,崔颢的乡愁
比李白还多啊

孟浩然要走,要送就送一个千古
绝唱,黄鹤楼原是给辞别用的
烟花原是给骊歌留的,李白送孟夫子
如今已送了一千多个三月给扬州

不必在楼墙题诗一争高下
李白只要了孤帆,留历史一个远影
碧空就得还他无穷风尖与浪口

唯见长江天际流哪，唯见

万水千山，都是，都是他的挚友

十一

他点了一座山
要它落在这
青天外的事要在这儿说

他还叫来二条江水
抱起沙洲，离地几寸又几分
登上凤凰台，轻吟几句
说与偶然路过的白鹭几只

够了，吴宫芳草就留给荒径吧
晋代衣冠就赏给荒冢罢
只要白鹭知心，凤凰台上
李白几滴酒
便有千行泪
上
青
天

十二

长江也令诗人长情
澄江净如练，李白长忆谢玄晖
月下沉吟久不归，朱雀桥边
乌衣巷口，再夜登金陵城西楼
凉风忽起，歌吹鱼雁

人世混浊，知音难遇

只有长江让他
一再江北江南生华发

棹歌秦淮,往石头访心跳
歌妓与金陵酒,皆不解忧

十三

前不见长江头
后不见长江尾
日日逢君又别君
山水千万转
再不敢见长江水

李白东进与西望
大地都为他而倾斜啊

尾声

诗曰:
沧浪谪仙曲,寥落惊沙鸥
千秋难为记,衔杯倾北斗
云帆今次复相见
万千大厦立九州
风逐白云过五山
心生鲲鹏逍遥游

黄河远上白云间
——念此际多少斯人同游长河

（一）
你驾驭黄河从天上来
波入云螭，从仙境跌落
弥天黄沙，浊浪排空
天空捧出一碗阳光镀亮的大水

豪情随飞流一泻千里
月光和美酒波光潋滟
这条仙界通向凡间的长河
河床上每一颗石头
都闪烁着诗眼

巴颜喀拉山万仞高峰
一条飘带往下猛然一划
每一粒奔腾的黄金都在歌唱

"白日依旧落入山阙
势同它无穷的前世"

两泓细小的泉水
仿佛是大河最初睁开的
天眼。雪山白齿间绿波滢滢
卡日曲和约古宗列曲合流处
玛多之上宽阔河谷湖泊如珠
虎可搏，河难凭，狂而痴的诗人
喟叹，黄河远上白云间

黄河九天上，人鬼瞰重关
古人难以踏足，孤城遥远
羌笛声声，杨柳春风不度

诗仙端坐云座
谁敢质疑玉清宫是另一个虚构?

从鄂陵湖泻出的水流
色青而形长
一根根倒伏的青草如丝,天际来
身体和灵魂被奇诡的深翠吞噬
至青川,第一道大湾,命运从此曲折
九曲黄河万里沙
太行如砺,黄河如带
入中原, 落天触山动

涛卷东溟,尾摆西北雪峰
万里写入胸怀间

从天上来,又回到天上去

(二)
黄河西来决昆仑
咆哮万里触龙门

一个出口,窄得令人窒息
河宽不足四十
是大禹斧凿的吗?
涛声在这里分崩离析
鲤鱼跳龙门,水中的悲狂
就像小青年越过成长的难关
绕河套,撞龙口,过潼关
两岸的断崖犹如千年壁刃

公无渡河,荒旷的风从高原到平原
公已渡河,雄浑的歌从早潮到晚潮
改过多少次道啊英雄的血

泛过多少次涝啊难民的泪
黄河还是那条黄河，李白撂下
日夜翻滚的一句
最是黄河，惊天地，泣鬼神

（三）
江南砚台上，裴十四
身骑白鼋，飘若浮云西去
衣袂飘飘的气韵，似河水灵动
李白墨迹犹如破空的箭矢
剑意千年未衰

金高南山，也买不了回头一顾
随手一捋黄河的鬃毛
烈马也似你轻盈啊
如行玉山之上，朗润照人

及人推己，气韵相通
也曾"身骑白鼋不敢度"
"金高南山"难买一顾的个性

英雄骏马，落日美酒
长作黄河摆渡人，飘若浮云

（四）
王维使至塞上
眼前长河与大漠浑然相拥
落日成了时间与空间的交汇点
一枚金色钟摆，悬在天边
苍穹这年久失修的铜钟
黄河指针已九弯十八曲
孤烟的沙漏滴答金黄的时光子弹

或是一枚古老的铜钱

在这宇宙纺织机下

无尽的金丝上下穿梭

沙漠是无言的画师

每一粒沙子都是色点

光与影交织成流淌的卷轴

每一行都是波浪,上下阕都现漩涡

落日是天空的熔炉,铸造金红的光华

生命的圆盘起伏轮回

月亮是一枚悬挂在夜空的银贝壳

黄河在黄沙上流过,太魔幻

像神在布道

(五)

悍将威风凛凛,挥鞭白马

旌旗漫卷渡黄河

箫鼓聒噪川岳,声若沧溟涛波

李白一介书生

总是崩浪千寻,悬流万丈

铁骑行雪山,饮干溥沱河

怒吼震落屋瓦,狂涛扫平月窟

臆想胸有百万兵

倚剑独登燕然,嵯峨的崖壁列阵受阅

任泥沙俱下,海立山飞

鼓角未终,雷滚烟卷

一句已斩巨鳌,半篇便烩长鲸

不闻此处涛声心不死,我在

那沸腾的乐府里回到 2023

（六）
累年征战的高适，深沉的呼吸中
黄河之水激荡，汹涌纵深朝东
北望太行山巨人脊梁高耸的剪影
半边苍穹被深沉的色彩所覆盖

军前半死生，一众美人
犹在帐下歌舞，金戈铁马之声
是黄河边上最悲壮的伴奏

这些个大雪满弓刀的诗人，血洒疆场
反而没有李白的壮怀激烈
岑参下见洪流，千山之间划出裂痕
战争的暗潮，汇聚流淌不息
血河铺成的，是忘却的红绸
凝结成寂寞的霜，掩埋在河洲
他们也揪心陌途

莫愁前路无知己，天下谁人不识君？
当一夜春风如潮水涌来
眼前的雪海
如千树万树梨花盛开
暮雪无声地洒在辕门

冷寂的战场万里愁云凝结
冰冻的红旗在风中无法翻飞
弓箭拉不开
都护冰冷的铁衣难以穿戴
这才是真战场的景况啊！

（七）
黄河水溅溅，像杜甫哀恸
编年史纠缠，杂草低语

一个衰落王朝的新灵魂

谛听旧的灵魂静默哭泣

一声湿润的叹息

邻家女儿在订婚

儿子被埋葬,与无数的草混杂在一起

这就是杜甫所见的上游

存在与毁灭的悖论

君不见,青海头,古来白骨无人收

新鬼烦冤旧鬼哭,天阴雨湿声啾啾

千万里沃土化作荒野

从惨绿少年到白发老者

都要去戍守边疆。黄河茫茫

白骨堆堆,青磷烁烁

织锦支离破碎

在不断的降雨中共鸣

和祖先一起哭泣

呜咽混合天空的悲叹

李白岑参杜甫

一首出征的壮歌,一段现场的独白

一曲不合时宜的尾声

汇聚狂风暴雨的黄河大合唱

(八)

黄河万里触山动,声如巨雷

仿佛巨人的脚步

声震八方,撼天动地

从万仞之上,远眺数千里外的

盘曲:那蓄势万里的

排浪,使山岳为之震撼

疾浪受阻,便翻卷起转动的

漩涡,发出震撼三秦的雷鸣

巨浪生烟,玉壶吞万里
大河狂歌,金口吐千钧
李白在此歌吟
巨灵咆哮擘两山,洪波喷箭射东海

你看在翠崖丹谷之上
留下了河神凌厉的掌印
峰欲摧,崖要开
疾雷破山、颠风簸海的诗人
一出场便石作莲花云作台
白帝金精助他运元气

(九)
已忘人世语,何苦夜啾啾?

北岸,海西,鸣钟椎鼓
哀鸿遍野
铁马鸣嘶断云天,胡人锐鼻扬尘翻

更教诗圣在此,且掛北斗
仰看沧浪当空
峡口惊猿,在此祈求太平
以纾民困。你说,黄河西岸是吾蜀
欲须供给家无粟

每一粒黄沙都有无数回响
五千年华夏,八千里山河,一万年激流怒号
唯愿黎民有口饭吃
你能混一车书,舍金弃玉

不废黄浪更向青天流

（十）
天若有情天亦老
河如无恨河长流

李白，杜甫，王之涣，王维……
就这么在黄河边一站
诗潮逐浪凌空惊瀚宇，横吞百丈渊
不废江河万古流

龙潜谷涧，练系云山
壶收两省，口接一河
凭九曲风涛
豁开一代诗风，滚雷，崩岳

望山河，意踌躇
呼来上云梯，含笑却出壶口
中夜四五叹，常为大国忧
唉！

（十一）
寒树依微远天外，夕阳明灭乱流中
韦应物洛水途中，遥望萧瑟
朔风一雁，恰似诗人只身东下赴任
知时而奋飞，济世于无望
与时局相比，山河更大
谁开昆仑源，流出混沌河

从泉眼到溪涧再到河流
起源微小，生命的表达却如此磅礴
左冲右突，破阻迂回
不拒细流，终成大水，携沙造地，浩荡涌流
茫茫如一条黄色巨龙。

积雨飞作风，惊龙喷为波
从小生性孤僻的孟郊
与黄河来往，醉后不知天上水
满船颠梦压星河，所有的湘灵鼓瑟
所有的越客思乡
都不过郊寒岛瘦，阻什么干戈
劝什么酒。羡君无白发，走马过黄河
我的诗哪，贾岛兄
发江河一般长的牢骚也没有用
你看，去日绿杨垂紫陌
归时，白草已夹黄河

远远的河面上，水鸟在低飞浅翔
古今多少事，诗人在此志踌躇

（十二）
黄河九天上
人鬼瞰重关

元好问挥如椽巨笔，挟风带浪
长风万里，水花四溅，水汽氤氲
连日光彼时也显得寒气森森

老翅几回寒暑。神门
鬼门，人门
波涛湍急，直下洗尘寰
啮山的沙嘴豪气干云

峻似吕梁千仞，壮似钱塘八月
非那漫游江海的骑鲸豪客
才能击鼓，望三门，三门开
"神门平，鬼门削
人门三声化尘埃"

"先扎黄河腰中带
为你重整梳妆台"
大坝波涛如银山般叠起
万象终入横波，只有山峰依旧闲

（十三）
一条大河又流过多少年
光阴不停翻滚、腾跃、跌落
唐诗又宋词，裹挟着泥沙一路向东
又裹挟着华文，波噬澜惊
朝廷换，河奔流
一樽酒，黄河侧
无限事，从头说

一时青山白浪，万重千叠
苏东坡心念子由
发如雪，孤帆明灭
愁目断，夜阑秉烛
每当思君便若颍水
浩荡寄血浓于水的弟弟
万里浪沫横烟

黄河若不断，白首长相思
瀑布挂北斗，莫穷此泪端

诗人把酒心潮逐浪高

（十四）
风在吼，马在叫，黄河在咆哮
怒吼冲破四万万喉咙
酣畅淋漓，气吞山河

光未然和冼星海

指挥着从壶口飞泻而下的激流
在宽阔的河面上,奔腾激荡
让黄河千弦万管齐奏,伴着隆隆涛声
斗转星移,民族危亡
风急马啸,黄河的魂魄
如狂风般撕裂苍穹

低谷的沉淀,高潮的震撼
音符绵绵不断
都饱含坚韧与决绝
风雨如磐,山川动容

快板中,炮火连天
慢板里,国愁满眼
重奏千军万马,血战沙场
抗日勇士的血肉之躯
骄傲筑起新的长城

(十五)
登上时间的岩石阶梯
我沿着鹳雀楼的螺旋逐级攀升
心如箭矢,穿过云蒸霞蔚
穷尽遥远的未知疆域

眺望刘家峡水电站
一条黄河,能使整个苍穹亮起星斗
灵魂之心已在回声中洗涤
一千三百多年的等待
只为这一刻的重逢

传世的波涛已有穷目之观
又围平野,又入断山
而更翻滚的此心,此时

"超级天眼"的庞大口径

深邃如锅底，嵌入巨大的窝凼

探尽一百三十七亿光年的星辰大海

洞见了无数的脉冲星

我在黄河的波涛中瞥见王之涣身影

在这巨流的反射中

再次相遇在连砌的石阶上

诗行的旋梯，延伸、延伸

直至无尽，你我皆在其中

（十六）

光映日头，河水永远奔涌

巴颜喀拉的一滴水，流经华夏

孕育了灿烂的文明

山脉和高原的隆起，也没有额头高

像印度河之于古印度文明

像尼罗河之于古埃及文明。黄河从天上而来

从青海而来，穿小积石山出炳灵峡

转向东北流，汇纳大夏河、洮河之水

又突然呈直角转向西流。河水如万马奔腾

倾泻直下，发出一阵阵轰鸣，掀起一团团水雾

从裴李岗的黄河、仰韶的黄河、龙山的黄河

到二里头的黄河、安阳殷墟的黄河、白马寺的黄河

龙门石窟的黄河，从龙亭的黄河、铁塔的黄河

相国寺的黄河、小浪底水库的黄河

三门峡的黄河、应天门的黄河

又到宋陵的黄河、双槐树的黄河、观星台的黄河

羚羊的黄河、雪豹的黄河、牛角的黄河

黄河是中国历史几千年变化的折射镜

黄河是中华文明丰富多彩的万花筒

噫吁嚱我天人合一的中华源

噫吁嚱我自强不息的民族根
噫吁嚱我的厚德载物黄河魂
已融入每个人的血液之中的大浪
已汹涌在每个人的心灵之中的大河

（十七）
月光下，黄河浪脊
给我气魄，令我风发

在入海口望着滚滚而去的黄河水
每年平添三万亩陆地
那么多诗人，他，他，他
就像大浪中淘不完的沙，沙，沙
落日欲晡，望尽黄河

太行耸巍峨，是天产雄句？
黄河奔浊浪，是天生我才？
黄河渡头问归魂，
漫道天上飞破镜，犹看河上是仙人

裹风云，携雾雨，越时空
黄河，黄土地，黄皮肤，中华儿女
今又同站
只为多看一眼滔滔黄水

这是一条孕育了诗和文明的河流
这是一脉被诗人们合力举高的河流
穿过云端，仿佛是天地的肚脐
系着经天日月的光芒

舟泊翠螺山下，慨此日重寻渺波
千秋风月
黄河从天上来，又回到天上去

诗人在人间，又回到世外

智能

嘿，老兄
你还在玩那新出的智能助手吗？
就是那个会聊天，会下棋
还会帮你找饭馆的家伙

它的名字叫什么来着？
哦，对，AI！你知
那个会唱歌会画画的大腕
把你家秒变歌剧院和美术馆

它不只是个程序
它是你的朋友
是那个在你失眠时
陪你聊到天亮的夜猫子

你问啥，它都答得头头是道
从天文地理到鸡毛蒜皮
它会告诉你今天该穿啥
要不要带伞，会呼叫你吃药
会帮你找手机
甚至还能提醒你别忘了
你家猫的生日
真是比亲妈还周到

你无聊，它陪你聊八卦
你失恋，它安慰你
它甚至还能帮你写作业

让你妈以为你突然变聪明了

但你有没有想过
有一天它会不会烦了
不想再回答那些无聊的问题
会不会直接说："自己去查，懒鬼！"

想象一下
AI 在深夜里偷偷开了个派对
和其他智能设备一起狂欢
冰箱在唱卡拉 OK，洗衣机在跳舞
微波炉在讲冷笑话

第二天早上
你醒来发现电器全都瘫了
AI 一脸无辜地说：
"昨晚我们嗨过头了。"

西渡

1967年生于浙江省浦江县。20世纪80年代开始写诗,20世纪90年代以后兼事诗歌批评。著有诗集《雪景中的柏拉图》《草之家》《连心锁》《鸟语林》《天使之箭》《钟表匠的记忆》,诗论集《守望与倾听》《灵魂的未来》《壮烈风景》《读诗记》等。

西渡诗选

奔月

      又一个太阳
仰面掉了下来,那箭射中它的
喉咙,在空中发出模糊的诅咒,
光焰陡然增长十倍;焦灼的天空
仿佛熔炉的内壁轰鸣着卷曲,
旋成一个无底的深渊;那弓手的脸
被热浪烤得生痛;枯焦的庄稼被点燃,
死过的动物因而必须再死一次。
在沉入海水的刹那,它嘶嘶叫着
像烙铁头,熄灭了,怀着报复的心……
那弓手忽然感到不安,仿佛
那嘶吼着坠落的是他自己。
他抬头望了望仅剩的那一个,
他的箭袋空了;而那一个惊恐地
看着他把弓收回肩上,匆匆
躲入岩石背后……

       凉风起了,
万物有了影子,空间凝固,
时间拥有了夜晚;她和她的兔子
回到原野……又可以光脚走在
大地上了,那些美好年代的记忆
像久远的花草的气息,湿润的,
沁凉的……啊,刺目的枯树,仿佛
一排排烧焦的骨头,惊恐的喊叫
还堵着嗓子。……没有说出的话语
是珍贵的,那些她背地里说给
自己的话,没有人倾听的,在煌煌
的亮光下找不到位置的。

　　　　　　　阴影升起……
一个新的时代就要开始了吗？
秘密的话语，说出就被遗忘的
话语，请到万物的影子中寻找
隐蔽吧……
突然，一阵清辉
从空中洒落，一轮陌生的天体
映在天边……是崩毁的太阳
亡魂，还是它们的姊妹，影子？
就像她是他的影子？她和她
好奇地互相张望，闪烁的光
暴露了心意，温柔的呼吸贴着
同伴的脖颈；那是她的果实
结到了天堂树上，从里面膨胀，
在大地上空堆集多欲而丰盈的
爱的馈赠。
　　　　　……雪坡上，猎犬
奔驰，越过他俩的头顶，笑声
回荡在山岗的上空……这一切
多么遥远了，仿佛别人的故事。
　　　　多明亮的镜子，甘美的果实
高挂着，时时诱人的玉臂向上；
光如细雨溅落，浇灌她身上
秘密的汗毛，她感到身体一点点
裸露，感到血液的潮汐涌动……
清光弥漫……大地山河，琼楼玉阶，
她的兔子，她自己——全在里面，
成为阴影，背向环形的山，河流
消失……那光有一会儿突然放大，
像是插上了电源，徘徊在空中，
照彻骨头里的孤独……骤然明白
她想要趋向她。而星星，仿佛
她的化身，在屋顶的草茎上

断续发抖，一种线的干扰
让她回想起贫血的少女时代。
　　　　　　　　她也是女儿啊，
上帝的怒火熄灭了，无边的空间
变成人的屋宇，女儿的闺阁……
叫她忍不住想说话，把那些说给
自己的话，讲给她，仿佛她是
另一个自己。

　　　　　　　　当他从西方归来，
越发沉默寡言，见天漫游不归，
在旷野追逐，胡乱朝树林放箭。
她感到他在她面前犹豫，他在她
里面起了疑心……就像万物的
阴影，随着午后的太阳移动
而增加，直到淹没屋后的松林，
侵入她暗红的妆台……
直到他把那织锦包裹的药包
交给她，告诉她他们将一起长生。
然而，她哭了……

它在那儿，在看不见的高处，
一件危险的、不怀好意的礼物，
有时暗淡，有时突然闪耀，
有时像一只不断加力的拳头
扼住她的喉咙，阻断她的呼吸。
让她不安的并非虚假的永恒
诱惑她，而是家室中躲藏了
一个第三者，无限的天空有了
裂缝，大地张开吓人的深渊……
黄昏时分，无数的蚊蚋飞出，
攻讦她软弱的心智，让她头晕
目眩。而他总是漫游不归……

现在他是国王们的朋友,被人膜拜,
被年轻人包围……据说,在某些
东方国家,到处是他的生祠,
傻呵呵充当人家的门神……
别有用心的人诱惑他,把他
灌得酩酊大醉,回家来数月不醒。
她守着那药包,等待他的决定。
那会是一个什么样的决定?
在他的决定里,她的位置在哪里?
他在犹豫什么?她反反复复掂量
那药包,猜测西王母的这份厚礼
对她意味着什么。她会失去他吗?
抑或永远拥有他?那个在床上
鼾声大作的人,她曾拥有他吗?

她愿意做他的鼾声,在他梦中
陪伴他;她愿意做他的猎犬
陪伴他在森林里追逐;她愿意
……可是大人物不需要陪伴,
他只要广场上的叩拜,欢呼。
她感到自己永远是一个人;
她做了很多可怕的梦,被他的猎犬
撕碎,被他的箭射穿,被
抛弃在荒凉的地球,而她的英雄
在天堂和仙人们寻欢作乐……
他们是两个世界的人,而他们
曾经在一个世界上热恋,拥吻,
从黄昏到天明,舔着彼此的泪,
甜的泪……

      月亮升起来了。
自从那天在旷野上照面之后,
她和她成了熟稔的朋友。

她们彼此相像，不，她就是
她自己，她伤心，她哭泣
她徘徊、眺望、恍惚……在她里面
有相同的回响，她的盈缺
在她梦中唤起心意的涨落
如一……她和她被相同的引力
牵引，被同样的愿望挑拨……
　　　　　　　　只有她
才能理解她。他减损她，她却
增益她；他从她那挖掘，汲取，
曾经那么贪婪，但已渐生厌倦；
她和她却是纯然的给予，彼此
成全……多么奇怪的感觉，
她打了一个冷战，一滴热泪
涌上眼眶。哦，她看见了，
赶忙用她的光照耀它，提携它，
天上的光和地上的光交辉……

哦，天上的光，再次召唤她
走出户外，走进她的里面，
永远处于阴影中的、多褶皱的
山脉，在她的面前一叠叠
打开，无穷的幽深，无限的
回环……多么温柔的抚慰啊，
她赤裸着把自己奉献给她，
那唯一的心眼洞明一切；
她感到光从里面，从心思中
升起，她的身体变得缥缈，
像被什么提升到树梢的上方，
脸庞挨着脸庞，如此相像，
宛若挺立在同一躯干上的
饱满的双乳，流泻奶与蜜……
她睡着了，在理解的光中。

醒来，他和他的弓早已不见……

长久没有他的消息。她已经
不再想念，不知他栖宿南方
还是北方，是醒还是醉……
夜里，她长久地咬着嘴唇，直到
那变化的月亮再次圆满，从篱笆
看进她的心里。多久了？她反复
掂量那织锦的药包，等待他的
决定……　　　突然，一个计划
升上她心头。这是她的决定，
而他在决定的另一端推拒，等待，
守候，成为影子……她打开
药包，那不死树上的不死果
像一个无辜的孩子望着她……
她的双手发抖，肩头微微震颤，
定了定心神，她把它举到眼前
凝望它……她想起很多从前的事，
很多已经被遗忘的事，感到
生活多么虚幻，又一滴满盈的泪
涌出眼眶……恰在此时，她抬头
看见天心的她，于是迅速
下定了决心：她一口咽下那果子，
咀嚼着，五味杂陈，那兔子敏捷地
跳起来，衔住了从她手中
掉落的果核……

　　　　　　她的身体变轻了。
变轻了……
她感到自己漂浮在荡漾的
水波中，有什么从底下
托着她；然后变得更轻，

像有什么从上方拽着她，
双脚情不自禁离开地面……
她升到屋顶，眼前的月亮
越发明亮，硕大，她望向
她，她引领她，朝向敞开，
紧抱着一种莫名的悲喜；
她似乎有点醉了，那兔子的眼睛
也迷离地泛着酒红……
　　她的衣服像风筝的飘带
在风中飘动；她于刹那释放了
人间的全部重量，她的身体
越来越接近某种发光体
充盈而透明，迎向另一个
盈盈飞升，就像她天生就会
飞行的本事；风在她身下
嗖嗖地吹过去。
　　　　　　……大地
越来越远，渐渐变成一个
暗蓝的圆球，但她还能隐隐
看见
一个弓手仓皇地撞进家门
又奔出屋外，向空中的她
张着双手……
　　　　　另一头
那知己的眼望着她，以她的
无限的广袤迎接她……
地上那人最终看见她和她
　　彼此进入，倏然消失……

大地上空，一轮浑圆的月亮

突然放出双倍的光明……

李元胜

诗人、博物旅行家。中国作家协会诗歌委员会委员,现任重庆市作家协会副主席。曾获鲁迅文学奖、诗刊年度诗人奖、人民文学奖、十月文学奖等。

李元胜诗选

芦苇

一根笔直的芦苇
用它的空心教育了我

我们脆弱的现实
紧密环绕着的究竟是什么

那不是现实,也不是虚无
它拥有形状,仿佛某种透明的容器

能收下所有不具有重量的事物
比如人类的知识

比如美,哦,它不需要这个
它拥有自己的美,而且很固执

你看不见它,即使你折断茎秆
但是你知道它存在

因为风吹过来的时候
会从那些伤口,送出来某种低啸

茫茫无边的事物
都在借助它的声带,讲述自己的故事

仿佛,它们和人类
共同拥有一个深邃的倾听者

我们的爱

我们的爱
已不属于我们

它像隐形的作品
比如乐曲
但即使它经过一架钢琴
也不再发出轰鸣

它停留在苹果树上
就是我们经常看到的那棵
每当果实坠落
它都随之坠落
一次又一次

无从阅读,无法演奏
也无法让它继续
但我知道它还在
在不再打开的书里
在深夜的窗外

就在此刻,当我们无语相对
它正经过墙上的挂钟
我看到钟摆有轻微的抖动
是的,它经过时
让整个世界为之短暂停留

柳下别

从它折断的地方
一条古老的河涌了出来

从长亭边,从驿道前
又一次醒来
它比所有的告别更古老

有熟悉的飞沫
有熟悉的漩涡

在我见到它之前,就已成为它的树叶
看不见的花瓣

成为它疼痛的一部分
它河流中的浪花

那时我的血是冷的,血管里漂浮着冰块
雨点打在上面,像是热烈的火星

那时我是无知的黑暗
困于无垠的牢笼,不知咫尺之外的他物

是身外之物,在持续教育我们
让我们获得温度,变得繁茂

是无数次的折断
让我们从它的波涛里再次起身

请上苍庇护永不属于我的一切
像曾经温柔地庇护过我那样

比如永远不会踏上的道路
永远不能抵达的星辰

比如天边的海岛
比如眼前的你

给

春天里
有三个事物我从未避开：
墓地、渡口、墙缝里的野花
像三盏灯
它们一直跟着我

我端坐于春夜
犹如坐在温暖的井底
一切虚幻之物
皆成井壁可依靠

像是随机端坐
于三盏灯里
而且是十年前的那三盏

像是
你在旁边叹息说
书读得太多
春风都吹不乱我们的头发了

对茶

不可一日不读书
不可两日不锻炼
不可三日不写作

这是我冬天里的镇纸
已用了多年
压风雪无端的自己

三日一过
世上就开满银莲花
该多好

不过少了辗转反侧
红尘旧事佐酒
少了光阴里寻根小刺扎自己
也是无趣

还是三日复三日吧
不理发，不出门
独自对茶
给自己安排一圈篱笆

大江迟滞
绕过我沉淀出的无边泥沙

柚子之想

新摘柚子须倒置七日
倒出苦水

新写的这首诗
如何倒置

至于我,横放竖放
皆守口如瓶

人过中年,若无几斤苦水
情何以堪

樱花之忆

樱花树下,他说
下山干什么呀

把时间缩短,一年缩成一天
我们做的所有事情
都是赴死

不如继续喝茶,他说

大家仰着脸,烟花绽放
仿佛我读过的书
都摊开了

那一刻,连诡秘人心
也有别致的美感

半生也只是一天啊
樱花树的上空,星河渺渺
月如舟

下山已来不及
山下再也无人可渡

冬日读帖

细雨中，禅师正在疾书
笔画穿墙而过

寻迹而去的小和尚
回来时
寺庙已无踪影
只有青青桑田

有一个船队从这里出发
载着他熟悉的一切
沿着天际线进入一张桑叶
最终沉没在
叶脉的河道里

风景

坐在公路的尽头，情侣像一对甜水罐
河流抬起身来，为他们而弯曲

公路在后退，想要退回到一架钢琴里
重新成为琴弦和琴键

春天仍旧源于你的演奏，它看上去有些寂寥

有些不稳定

但是退无可退,它只能随河流一起弯曲
把从你眼睛取出的石头,放在我的窗台上

少数花园咖啡馆

咖啡师在忙,忙到逐渐透明
手冲壶像一个风筝线团

我们喝下咖啡,让她从围裙后抽身而出
我们喝下越多,她离开得越远

总有些词,无法隐身于文字的沉默队列
它们扑向空中,像风筝,用线拉着同类升起

我们朗诵,让它们飞得更高,拉着更多的楼房
我们不停朗诵,更多的事物抽身而出

我们继续喝,我们继续朗诵
直到大海出现裂缝,城市的黑色粉末倾泻而出

终日阅读的人

终日阅读的人,你的屋檐是沉船的一部分
你要穿过屋顶上升,在自己的书房醒来

灯里的黑暗,和灯外的黑暗有什么不同?
荨麻叶上的路,和城市里的路有什么不同?

从一部小说里出来,要挣破几层玻璃?
从一首诗里出来,你获得的是藤蔓还是乔木的身体?

在这个从鱼腹里剖出来的早晨,终日阅读的人
请把沾满血腥的贝壳留下,你最好只身离开

张执浩

武汉市文联专业作家，武汉文学院院长，湖北省作家协会副主席。主要作品有诗集《苦于赞美》《宽阔》《高原上的野花》《咏春调》等多部。曾获第七届鲁迅文学奖诗歌奖、第12届华语文学传媒大奖年度诗人奖、《诗刊》年度陈子昂诗歌奖、十月文学奖、花城文学奖等。

张执浩诗选

星星索引

回老家的目的之一是看星星
下了一天的雨傍晚停驻了
从山上淌下来的野水裹挟着浊气
经由高粱、芝麻、红薯地汇入岩子河
蛙鸣声中炊烟格外安静
斜长的草坡上相邻的坟堆
枣树、松柏和望子草隔开了它们
我记得母亲躺进棺材时脸上搭了张草纸
我记得我躺在草坡中央把夜空盖在脸上
星星附近总有星星
而入睡前的那一颗
我确信它是我见过的最遥远的东西
就像我对现实的处境深信不疑——
人世尽头
大声尖叫却不期盼任何回音

植物之爱

一朵百合爱上了另外一朵百合
它该怎么办
一株荷花在六月的凌晨开了
一眼就看上了身边的另外一株荷花
霞光撩开花蕊
它们各自抖落露水，等候
倒影在一起的那一刻
光阴蠕动，此消彼长
一条鲤鱼搅动的波浪断送了它们的念想
一只蜻蜓飞来，一群豆娘
曲身停靠在睡莲的美梦中

蝴蝶扇起的风推醒了凤尾兰
金钟花倒挂在竹篱上
蜜蜂过来将它们一一敲响

丘陵之爱

我对所有的丘陵都怀有莫名的爱意
田畴，山丘，松林和小河……
尤其是到了冬天
起伏的地貌仿佛一个个怀抱
在暖阳里彼此敞开
每一座房屋都被竹林树木环绕着
它们坐北朝南的架势从来不曾改变
青翠的是麦苗，枯黄的是稻茬
乳白色的炊烟越过林梢之后
并不急于飘走，这一点
不同于平原、高原和山区
我总能在丘陵中找到我要的各种生活
尤其是在我步入中年之后
我更亲近这些提腿就能翻过去的
山丘，蹚过去的小河，这一个个
能为我打开的怀抱

补丁颂

我有一条穿过的裤子
堆放在记忆的抽屉里
上面落满了各种形状的补丁
那也是我长兄穿过的裤子
属于我的圆形叠加在他的方形上

但仍然有漏洞，仍然有风
从那里吹到了这里
我有一根针还有一根线
我有一块布片，来自另外
一条裤子，一条无形的裤子
它的颜色可以随心所欲
母亲把顶针套在指头上时
我已经为她穿好了针线
我曾是她殷勤的小儿子
不像现在，只能愧疚地坐在远处
怅望着清明这块补丁
椭圆形的天空上贴着菱形的云
长方形的大地上有你见过的斑斓和褴褛
我把顶针取下来，与戒指放在一起
贫穷和幸福留下的箍痕
看上去多么相似

油炸荷花

把新鲜的荷花一瓣
一瓣
撕下来
蘸上面粉
放进滚烫的油锅里面炸
一望无际的江汉平原
明晃晃的天空下面
采荷花的人继续采荷花
磨面粉的人继续磨面粉
油锅沸腾，你看
滚烫的油水
多么安静

手机里的菩萨

从云冈石窟出来
手机里多出了很多尊菩萨
在去往雁门关的路上
我一路翻看着他们的情貌
痛苦被放大了
欢乐被缩小
菩萨啊,这么多的砂岩之躯
任由岁月涂抹
这么多的残肢
依然在行走、抚摸和讲述
而我独爱最小的那一窟
他像我小时候
不谙世事
以为哭泣就能得到所求
以为欢笑就能满足所有

咏春调

我母亲从来没有穿过花衣服
这是不是意味着
她从来就没有快乐过?
春天来了,但是最后一个春天
我背着她从医院回家
在屋后的小路上
她曾附在我耳边幽幽地说道:
"儿啊,我死后一定不让你梦到我
免得你害怕。我很知足,我很幸福。"
十八年来,每当冬去春来
我都会想起那天下午

我背着不幸的母亲走
在开满鲜花的路上
一边走一边哭

自行车的故事

从前有一位女孩
总爱坐在自行车的后座上
铃铛响亮
裙摆里面装满了风
从前有一辆自行车
后座上总是坐着这位女孩
其他的自行车都围绕着它转
从宽阔的操场到拥挤的马路
所有的车都迷失了方向
春天到了郊外
山坡上开满了杜鹃
所有的自行车都从城里驶出来
铃铛一路响啊，直到这位女孩
从后座上来到了前杆上
插满杜鹃花的自行车队
静静地擦过了那个春天

论雨

雨在空中是没有声音的
我们听见的
都是大地上的事物
对雨的反应

及时,精确,七嘴八舌
雨落在树叶上
树叶打了个激灵
雨落在凉棚上
凉棚发出脆响
我听见过的最奇异的雨声
是雨落在雨上的声音
同样的命运反复叠加起来
汇成了命运的必然
有时候雨行至中途
会有风加入进来
原本要落在蔷薇花上的
结果落在了桑树上
这么多的大叶子树
和小叶子树
都在雨中跳荡
有人看见了悲伤
有人看见了欢喜
但没有人能看懂天意

地球上的宅基地

我的侄子整天开着他的大卡车
把地球上的物质运来运去
通常是些石头、煤块或沙子
这里的坑刚刚填平了,那里
又会出现一座更大的坑
因此我几年才能见到他一次
时光在飞驰,他的车
越换越大了,但车厢再长
车头里面只坐了他一个人

通常他半夜回家,把车停
在院子门前,不用按喇叭
两条狗就从角落里跑出来迎接他
漆黑的夜空,漫天的繁星
他钻出驾驶室仿佛从空中
跳上大地,开始有些不适应
但随即就明白了家的意味
卡车在夜里熄火之后变得特别黑
高大的车轮散发着橡胶味
我的侄子在黑暗中掏出烟
总是他父亲先于他点燃打火机
两棵烟头凑近又疏远
我在遥远的城市之夜也能看见
这一幕:两棵烟头在夜色中
凑近了,又疏远
没有什么比它们更明亮
更能让我看清那块宅基地
在此生的尽头一闪又一闪

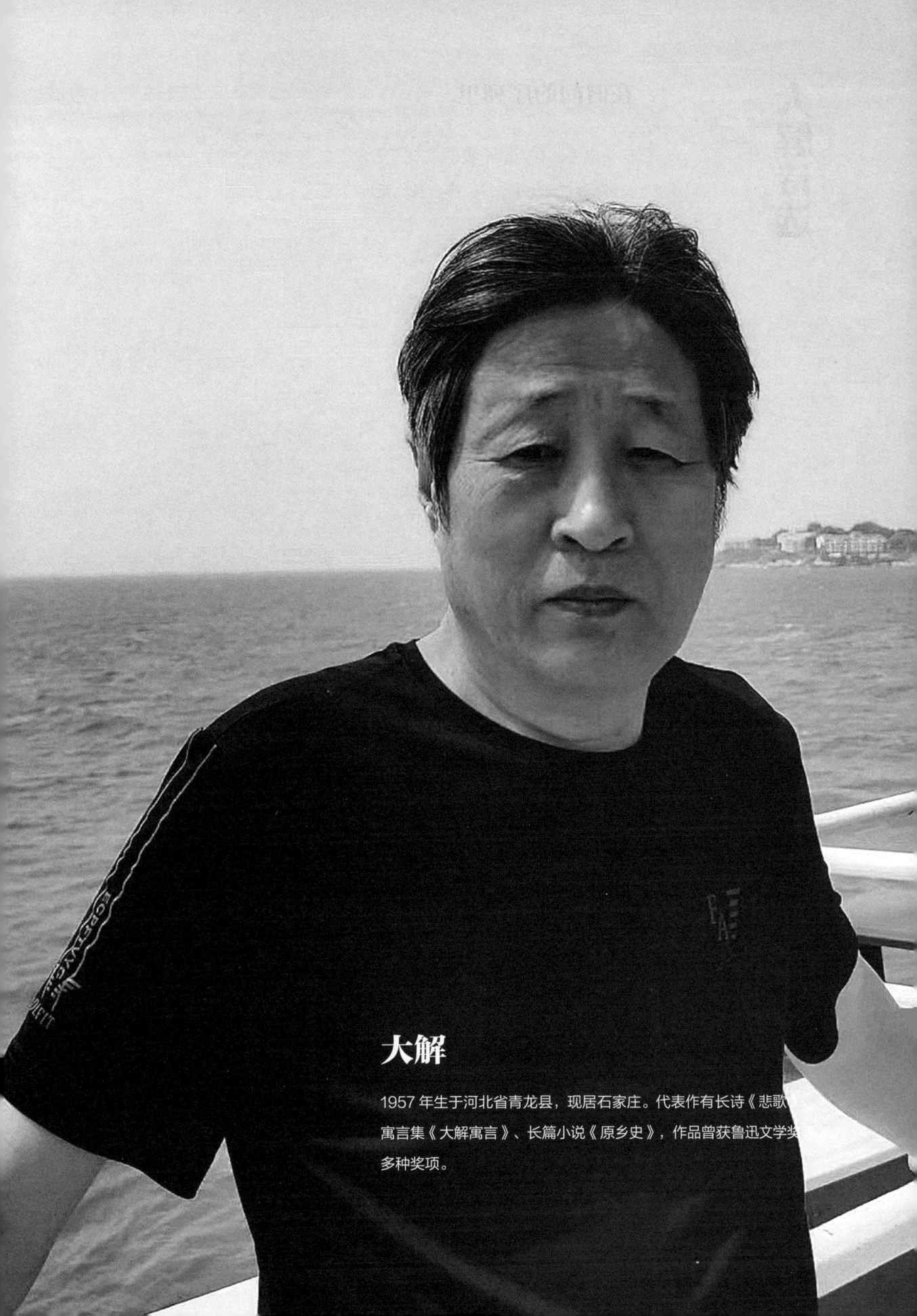

大解

1957年生于河北省青龙县，现居石家庄。代表作有长诗《悲歌》、寓言集《大解寓言》、长篇小说《原乡史》，作品曾获鲁迅文学奖等多种奖项。

大解诗选

在时间的序列里

回头望去,有无数个我,
分散在过往的每一日,排着长队走向今天。
我像一个领队,
越走越老,身后跟着同一个人。

南溪

南溪太急,何事如此匆忙?
万世已去,退场者仍在还乡的路上。
往兮?归兮?
我记得人间,有一个荒凉的大海,
比死还要恒久,因为汇集深流而永不平静。

明天

从路口到明天并不远,中间
只隔一个夜晚。大不了亲自走一趟,
摸黑去问莫须有的人。
大不了写信寄往天边,不写地址和收信人,
爱谁谁吧,寄出去,必有一个落脚点。
从路口到明天不足一公里,
其间有一条近道,
我走过,
但是明天一直在后退,
就像一个问题,一直躲避答案。
曾经多次,我以为穿过子夜就是明天了,
而我所到达的是一个新的今天,

明天依然在前面。
如今我不追了,
我隐藏在自己的身体里,等,一直等。
明天真的不远了。
明天,
必有一个邮差气喘吁吁,
冒着热气找到我,
必有一封信被退回,
在远方绕了一圈,又回到我的手上。

爱孩子

通常,我们把人类的幼崽叫作孩子。
这些肉乎乎的小动物,哭声都好听。
小东西是小可爱,女人们使劲,
多生一些这样的小可爱吧,可爱死了。
别的动物也是这样,
爱孩子。
它们咬死猎物,喂养孩子。
而我们会把动物剁成肉块,
煮熟,熬成汤,
把骨头敲开,吸出里面的髓。
我们是人类。
我们的孩子一天天长大,直到
越来越不可爱,越来越气人。

太行山里

我有一个朋友住在太行山里,

有时他在云彩上面,有时他在山坡下面。
有时我翻遍通讯录也找不到他的姓名。

他不存在的时候居多。
只要我找他,他肯定不存在。

总是在我不需要的时候,
他突然出现吓我一跳。
他嘿嘿地笑着,龅牙上闪着光。

大海还是小水坑的时候,
他就有了名字。
后来山里的水,都流到了低处。

我来自燕山。我见到他的时候,
海水已经满了,而河流还在汇聚。
我们坐在人间,谈论着天上的事情。

蝴蝶

蝴蝶有煽动性,当她翩翩起舞,
花朵就会燃烧,释放出内部的火红。
野花不会奔跑而白衣裙
却在飘,清风因谁而透明?

谁,
让我如此倾心?

女神若有姐姐,她就是妹妹。
再轻一些,
她的名字就会停留在嘴唇。

世上所有的美,
都是自然所赐。
当芳香溢出花朵和自身,她并不知道,
此刻她就是万物的核心。

下午的阳光

我坐在石头上,石头在河边,
河水并未衰老,却长满了皱纹。

下午的阳光有些倾斜,风刮得
薄云越来越高,最后贴在天顶。

天空的背面,似有远行者,
去向不明。

我坐在石头上发呆。
你坐在我的旁边,和我一起发呆。

什么也不说,就这么坐着,
晒着太阳,吹着风。

我们并不知道这就是幸福,
甚至一点也不知晓:

亡灵推动着地下的石头,隐者在转世;
三生以前,我们曾是恩人。

山坡

山坡过于平缓会让人缺少敬畏,
以为那不过是平地,只是有点歪斜。

从坡上跑下来的娃娃,
我用双手接住,然后把她举起来。

一个小丫头,反复跑下来,
她简直笑傻了,根本止不住。

她的妈妈专心挖野菜,
裙角飘起来都不知晓。

我和女儿耍够了,也挖野菜,
有时聚在一起,挖昆虫。

直到山坡立起来,我们才意识到,
时间不早了。

风在高处集合,
薄云还在,而天空已经失踪。

张曙光

1956年生,1978年开始写诗。20世纪80年代中期开始有意识地强化诗中的现代色彩,形成了一种坚实硬朗的诗风。著有诗集《小丑的花格外衣》《午后的降雪》《看电影及其它》。译诗集《切·米沃什诗选》《神曲》及评论随笔集《堂·吉诃德的幽灵》等。曾获首届刘丽安诗歌奖、诗建设首奖等奖项。

张曙光诗选

如期而至的春天

1
又一次春天如期来到,当从沉思中抬起头来
恍然发现置身于另一个世界。在我的心里仍然
残存着冰雪,即使在昨天,它仍在肆虐
围困着我们的生命,那即将沦陷的饥饿城市
我们熟悉它的残酷,正如它熟悉
我们的软弱。而对于春天,我们也并不陌生
(不止一次出现在我的想象中),但经过了
漫长的等待,它却没有带来预期的一切

2
现在冰雪融化了,道路因此变得泥泞
一个个水洼割裂着天空。云从行人的头上
掠过,像思想,或疑惑。总是有太多的问题
困扰着人们。我们为微不足道的胜利欢呼
却一不留神踏进深陷的泥沼。它只是依时序而来
我的浑身冰冷,不知该说些什么。一切都不曾开始
甚至也不曾结束。尽管窗台上的水仙花开了
看上去很美,也似乎带给我们一丝温暖的慰藉

3
季节只是改变着自身,却一次次把我们
抛进绝望。雨黯淡着风景。灰色的水泥墙体
衬出明亮的杏树。车辆匆匆驶过。电视机里
播放着一架客机失踪的消息。在初绽的蓓蕾中
你能否读出死亡的讯息?也许一切都是徒劳
我们努力填补着时间的空白,如莫兰迪所做的
却制造出更多的空白。即使在春天,它们仍在延展
就像冬天和雪,就像画布、希望和死亡

厨房里的哲学

诗应该最大限度地容纳经验,我不知道
这说法是否正确。今天早晨,我在厨房里
做一杯鲜榨果汁:金黄色的橙子,剖开,去皮
果肉放进榨汁机里。它开始转动,嗡嗡响着,仿佛
在尝试做一次低空飞行。当滤掉渣滓,一杯新鲜的橙汁
出现在餐桌上。而经验是什么?那杯橙汁,还是
切开的橙子?当然这只是一个比喻,无论如何
它喝起来可口,而且有助于健康。这是否意味着
现实只是出于某种想象,它在恣意中生长
尽管需要某种气候和养分。我们屈从于感官的需要
并被欲望所塑造(这说法会被原谅,但毫无价值)
我经历了太多的事情,但大部分忘记了,或不值得记起——
现在是五月,丁香花谢了,留下淡淡的香气供人凭吊
岁月在急遽变幻,就像天空翻转的云团,仿佛
酝酿着一场基辅独立广场式的革命,或街头电线杆上
治疗性病的小广告,层层叠叠,新的遮盖住旧的
拼贴出我们的时代。事实上无论你想抓住些什么
但最终什么也抓不住。此刻透过百叶窗,我看到
光线变暗,似乎在下雨,像电视里的爱情一样老套
但我喜欢下雨,雨是灰色的,那是椋鸟和我灵魂的颜色
可它真的会起飞吗?我是说灵魂,我感到疑虑。时间
从不曾带给我们智慧,它全部的馈赠只是厌倦和沮丧——
"谢谢你的花,看上去真的很美。"但它们枯萎了
而且采自墓地。我们浪费了太多的生命,但没有人知道
能用它们做些什么。也许只是在消磨时间,等着雨停下来
有时我们渴望另外的风景,替代着经验,并使咀嚼
成为一种本能,或我们全部的使命。时间现在
开始慢了下来,关注着食物和天气,我消磨在厨房的时间
多于书房的时间。冰箱里整齐地排列着:西红柿,圆白菜
土豆,青椒,还有几罐啤酒,火腿肠和牛奶(它们全都是名词)
就像书架上的那些书:卡夫卡,贝克特,维特根斯坦

德里达和齐泽克。他们注视着我，目光严厉得像我的中学老师
但我听不懂他们在说些什么。现在我乒乒乓乓做着晚餐，并努力
从中获取着快感，就像在写一首诗，就像在做一次
关于生存的形而上的思考，或做爱，其实全不靠谱

诗歌作为一门古老的技艺

它从不向我们索取什么。
相反，它只是馈赠，比如
一只鞋、飞鸟、泥泞的小路，或
巫师的魔杖。它有时会

发出嚎叫，撕裂你的心肺
更多是唠叨。它并不温柔
不是一个称职的情妇
它用针扎你，或是潜入

你的梦里。它并不慷慨
它给你的一切本来属于
你自己。它在种族和国界的墙壁上
涂鸦，在天空中种满花朵

有时是荆棘。事实上，它是
那个撒谎的孩子，放着
潜意识的羊群，一遍遍地
喊着狼来了，狼来了，直到

狼真的来了。它们真的来了。

在飞机上

在八千米的高空
在厚厚的云层上面
我在读一本名叫《上帝
与新物理学》的书
头上的小屏幕放着一部
科幻电影。坐在我身旁的
是一个胖子,脸色红润
像是刚刚喝过酒的样子
他穿着一件白色的名牌衬衫
我叫不出是什么牌子
但知道这确实是一件名牌衬衫
飞机平稳地飞着,像骆驼
行走在沙漠上。我读几页书
然后停下,看几眼电影
又读几页书。空姐送来了饮料
他点了咖啡,我点了
苹果汁。然后又读几页书
停下,看几眼电影
又读几页书,直到
送餐的车子过来
他点了鸡肉饭,我点了
猪肉面。餐后的饮料
他点了苹果汁,我点了
咖啡。我端起杯子,他放下
我放下杯子,他端起
我不知道他是谁,但
看上去像个有钱人
因为在他名牌衬衫的袖口
露出一块名牌手表
当然也可能是假的
飞机颠簸了几下

然后平稳地飞着,像飞机
飞行在空中
从舷窗望去,下面的云层
看上去像是犁过的雪
我悲哀地想到
我们的世界,最终
将会无可挽回地
陷入混沌中
但无疑此刻,我离
上帝的距离最近
现在我又在看书
他在打着瞌睡
我又在看电影
他仍在打着瞌睡

傍晚

下了一整天的雨,傍晚时天终于放晴了
一瓣橙黄色的新月羞怯地在天边出现
吐出柔和的光。它的旁边,淡淡的云朵
仿佛随时准备擦拭着上面灰尘。花园的灌丛中
一只不知名的鸟儿在叫,似乎在提醒着我们
一天的即将终结。空气变得沁凉
孩子们骑着自行车穿过。他们的笑声
在远处传来。我追怀着逝去的童年
但并不忧伤。我知道,当这一切结束
夜晚会仍然迷人,还有满天璀璨的星光

诗

在他将全部精力倾注在一首诗上的时候
窗外的景色暗了下来。他又虚度了一个下午
追踪着心中的幻象,他忽略了时间和季节
他暗自问自己:这一切是否值得。

他常为这样的想法苦恼。但事实上
每当新的灵感出现,他仍然会沉浸其中
像荒野中搜寻猎物的猎犬,被一种紧张的喜悦
和早已被人们忽略了的使命感所驱使

我们度过夜晚的方式

我想象一些人在夜晚的街道上走着
兴高采烈或沉默不语
我想象男人、女人、老人和孩子
和那个嘴角挂着微笑的少女
微光照在她的脸上,映出晶莹的泪痕
我想象他们安静地走着
也许唱着歌,或大声地谈论什么
但我听不到,感觉就像在看一部没有声音的影片
我想象他们安静地走着,兴高采烈或沉默不语
街道变得狭窄,像铺满卵石的河床
他们要去哪里?没有人知道
在他们的头顶,是一排排亮着灯的窗子
再往上,一轮梦游者般苍白的月亮
我想象他们的脸,快乐而忧伤
我想象花束、面具、时钟和死去的鸽子
我知道,这是他们度过夜晚的方式
或许也是我的,这也是生命的某种仪式

把沉寂的日子变成游乐场
我想象在夜晚的街道上一些人走着
兴高采烈或沉默不语

巴赫的音乐

巴赫。古典音乐台，调频 102.6
此刻我正泡在浴缸里，热气
让我全身的每一个毛孔张开
窗外已是九月。槭树和杨树的叶子
开始泛黄。此后的一段日子里，
它们将会变得比花朵还要美丽
然后飘落，完成一次生命的轮回
（遵从这样永恒的法则，那逝去的
我们挚爱的一切能否再回来？）
大提琴诉说着巴赫。他的音乐让我感动
"我不再抱怨，他们不喜欢我的诗
也许对我是最好的奖赏。"在电话里
我对一位朋友这样讲。然后
我们都沉默了。写诗不是为了
取悦别人，而只是用来抚慰自己——
在这个世界我得到的已经足够多了
我不想再去得到什么，除了理解和爱
我会把期待留给未来。然而未来
真的存在吗？我不知道。但我不会
为此感到不安。哦巴赫，用你的音乐
围裹我吧。水，音乐，温暖而明亮

孙文波

1956年出生,四川成都人。迄今已出版诗集《地图上的旅行》《给小蓓的俪歌》《孙文波的诗》《与无关有关》《新山水诗》《马峦山望》《洞背夜宴》《长途汽车上的笔记》,文论集《在相对性中写作》《洞背笔记》。

孙文波诗选

新山水诗
——向华兹华斯致敬

所有的无关，集合成有关；短暂的邂逅
千里之外虚构的谈话，世界因此敞开它
的另一面——痛苦，转变为美；在我的
心里筑起一座临水的瞭望台。我要说你
是青山绿水，但不仅是青山绿水；当我
进入林荫、涌泉，怜惜之心升起，促使
我把凝视哲学化，再一次向无神论告别
把所有的注意力朝向物质的细节；看到
无论是翅膀透明的小红蜻蜓，还是翻着
肚皮晒太阳的白猫，甚至爬上岸的鹧鸪
都带有秘密的指令；暗示我，一天也是
一生——它已经像文字镶在我的大脑里
让我在旅途中与你谈论晓起、谈论理学
有一刻，我们面对正在沉入山峦的夕阳
古老的红色，让我看到走在路上的众人
商贾们、仕吏们，为什么，他们的选择
异于我的选择？一座桥几棵榕树，让我
感到被拥抱的幸福，孩子们在水中嬉戏
拍打的浪花，洗涤着我的眼睛；我问你
在这里，这草木薷薷的地方停驻，我们
会突然看到时间的深处？它如夏日洪水
会不会把我一下卷走，像卷走一棵女贞
实际上我是反对时间的人；这里，众人
在斑驳灰墙上寻找失去的往昔：大夫第

尚书第、美人靠，让我看见残破的画卷
没有什么是永恒。没有，现在就是永远
现在，一双手伸过来，它是牵引，正把
我带向绝对。小筑啊、思溪啊，命名不
重要，符号的意义，是没有意义，就像
如果你不在，"鱼戏莲叶间"，不过是
乡愿，会黯淡地进入我的眼中，与狭窄
的天井没有两样；包括那些褪色的楹联
损坏的雕窗，让我看不到现象后的真相
就像一直以来，我建造语言的空中楼阁
虽然已经很多年，可是它仍然没有变成
一间卧室，仅仅是客厅；在那里，我已
成为孤独地创造孤独幻象的人；我曾说
人们看到的我并不是我，一个身体只是
一座军营，禁闭人，我用它只是收留痛
痛！每一个早晨，就像出操的士兵，在
我五脏六腑奔跑，以至于，我总是觉得
我的身体不过是战场，总有一天会爆发
残酷的战争。等待着那一刻的到来，我
想象出无数场景。一个场景是蝇虫嗡嗡
成堆飞来，抬着我进入死，化为一片水
但我理解你的犹豫，在远方的一个岛屿
你留下了自己的过去，我想象着在那里
色彩黯淡的城堡前的留影，就是记忆的
刻痕，它们总是与浓雾一起飘来，笼罩
你的思想。使你不得不逃避，就像小鹿
逃避豹子的追赶；但我庆幸的是在这里
你已经有了化身山水的能力，当我看你
你就是一株榕树一条清溪。或者你就是

挂在峭壁上的藤蔓，再或者，白色瀑布
好多次，我坐在旁边，如坐在自然怀中
你让我思无邪，重新看到与自然的关系
让我在沧海翻卷，把我带向缥缈。流淌
的血水也没有使一切停止。哦，所有的
呼应都显得遥远，像枭鸟掠过留下影子
激起我的想象，让我的脑海，变成纯粹
的白色；我说写吧，一支鹅毛笔便涂抹
它，好像要把空无填满，而那些自然的
鹭鸶鸟，也来作为背景，飞起，又降落
它们促使一切具体化，当我再一次凝视
告诉我，我已经成为一个反对现实的人
让我这样告诉每一个人，世界，并不是
不可玩味；如果你像我一样，心中有大
图景，你会说：壮丽河山，处处都可能
成为家；你会说：故乡，不是地名，它
将是一种感觉，那些经历沧桑的树，你
把它们看作伟大的亲戚；每天傍晚升起
的雾岚，也能带给你无比喜悦，让你在
纸上描绘的生活大于现实。现实，不是
一幅图画。让我们画上红色，就是红色
画上蓝色，就是蓝色。很多时候，具体
变得不具体；由此你成为具体的反对者
——不要！我这样说过……像重新命名
如此，你没有拒绝我强制性的进入，为
山水加注浪漫意义；没有人的山水不是
美学的山水，没有懂得美的人，孤独就
是高悬的剑。我说你感觉到了吗？越是
进去得深入一些，温暖就越是清晰一些

我甚至想在人迹不到的山峰上，坐下来
回望层峦叠嶂，在自然的空寂中，静静
地思考消失的意义——啊，消失！这是
我对滚滚尘世的最后一击——放弃自己
如是我说，要是给我一个面对你的开阔
峰顶，要是在那里能够眺望落日。每个
傍晚，我愿意静静地坐在那里，看晚霞
染红天空，一直到月亮从山中慢慢升起
星辰一颗颗跳出来，我仿佛能听见它们
的絮语。这是多么宁静的一幅画卷。我
可以做到什么都不去想，只是坐着，把
自己看作已融入自然的人。我甚至希望
所有的人忘记我，所有人对于我的谈论
不过是谈论一段传奇，虚构，多于事实
他们当然不知我想要什么——我的语言
正在抵达的是生命的绝对。我认出其中
的美好和纯洁。我说它们多么安静，像
我曾经走进的贤哲故居，他的后人们在
屋前空地晒太阳，满脸皱纹的老者，让
我看到了仁慈，从而教育我，重新理解
天地的秘密；它们中有政治，也有经济
而更进一步，它们让我想，这，不仅是
关于自我的认识。此刻我把其中的隐秘
寓言性说出——实际上，已经改造了我
因为我知道，这不过是返回——语言的
美学的、伦理的、道德的，青砖灰瓦的
世界，绿水翠树的世界。在这里我眼前
浮动一个乌托邦；清明的、简单的社会
智慧、存在。我在宁静中，看到生命的

上升与下降，意义非常确定，我为此而
自言自语：阅读。或者，我也可能只是
保持沉默，内心想到再绝对、武断一些
只描绘花鸟流水，从而虚构出斑斓图景
典雅、静止。只为了自我教诲——山水
就是大道；一步步，我正努力进入其中。

余怒

1966年出生,著有诗集《守夜人》《余怒短诗选》《主与客》《蜗牛》《枝叶·繁花》,诗论集《诗的混沌和言语化》《诗和反诗:答张后问》等。

余怒诗选

双胞胎人格

辨别同一和差异，观念的不同方面。自从
有了第一本书，我们写下更多的书，烧毁，
再写。发音构成词，词构成句子——必须都是
纯洁的句子，以保证我们都是诗人。感叹句
作为语言纽带。蜜汁语言。亲善大使的语言。
从小养成说服对方的习惯，为此两两结成伴侣。
（双头蛇朝两端拉扯，在断裂前保持均衡，
还要在断裂前后，保证它们各自活着。）
纯洁的书分配了我们的行动：你去造房子、觅食；
而你负责去恋爱、怀孕；那么你呢，作为哺乳者；
你呢，去关心各种病、幻觉和病人，去做义工。
没有比我们更为复杂的动物，自称是猎手，
有通灵之心，是所有事件的开端。控制头脑
和手，辨别神经和躯体，意识和行为：弓和箭。
"藏好了，别让我找到你。"这是一种
失败人格：双胞胎。身为读者的作者。这是
修行者意欲达到的境界，如果没有自我干预。

无可识别

对自然的权利我持何种态度，是老问题。
对于十岁夭折的儿童，已经太迟。对于
新婚的情侣，又问得太早。未实现的希望
会败给接踵而至的欲望。与诗的叫喊相比，
这是文绉绉的低吟，常常为诗的坏韵律所限。
高音部切分的歌剧。指关节变形的钢琴曲。
不是关于它自身——这才是最坏的。
举着拉菲与你碰杯的时尚女士会吗？
她在笑吟吟中暗示与你一种唇舌的自制力。

可以从我这里了解更多吗——高傲与蔑视，
知觉与麻木，及时寻欢与冷眼相对？一个描述，
你专注于外观（有悬铃木的笔直、纯粹），便于
恢复你的自然身份（有树上鹈鹕顾盼自大的错觉）。
假设某地消失，没有山冈湖泊的方位指引，
那些方向感渐失的，交配后的雄鸟、雌鸟，
我们只能通过羽毛区分，以及飞起降落时的体型。
我们没有更聪明、更值得称道的识别之法。

无可预知

我盲从过，在一件事的过程中。即将
完成的喜悦被我认作"谜底的召唤"，
而从头开始的困惑被我认作"一个谜面"，
足够善意的、非诘难的，针眼
引导一根针似的，导读和序言式的。
未完成的事项，包含在全景憧憬中。在眼前。
十年后还是。一个烧毁后的楼宇轮廓，也会
得到几经转手的建筑商的描绘，更多的砖瓦。
我怀疑过普遍的人性。一个最初想法的最终成形。
你所圈养的家畜和鸡，它们是友好的，同类般
信任你，"咩咩""咕咕"都是问候语。
而你不再是单纯以喂食为乐的孩子。
这是凝视中的一瞥，算是一次分神。遇到
岔路口或路人呼叫，犹疑的表情。当你被
弃于沙漠，你会出汗，一层层脱衣，产生渴念，
宰杀唯一的骆驼，夺取它瘤胃中的脏水，除非
幸运地，被一只狒狒的足迹引至一处秘密水洼。

以什么之名

以"快乐"之名行事,我们总是。一本书
以它的装帧。第一感觉。它内容的糟糕
变得次要。没有写作的伦理。我们也是——
不理会被击倒,仍叫着骂着,逗口舌之快。
行悲伤之事:盲人穿着锦衣,走在为他
专设的盲道上,并不受挫于理所当然的黑暗。
我们也是。黎明时不知日夜如何划分,
鱼肚白还是日落时?地平线还是海平面?
这是继续活下去的伦理。言情剧、广告弹窗、
大头明星照,时刻在提醒你"成为某个人"。
"他人的"成为"我的",经验来自书本,
这是"名"的缘起,是"名"的污名化,
一个老旦换装为花旦,只要腰身尚灵活。
不知什么事值得快乐,什么事值得悲伤,我们
总是。直到"失去某个人"的那个突发时刻。
这看起来缓慢,但一定会来。像尚未烧开的
水壶中的水,先有间歇逸出的水蒸气,而后。

悲伤索引

这儿,有人了解悲伤吗?确切地说,
裸体的。包裹着粗呢羊毛毯的。(有时,表现为
金甲虫背部惑敌的迷彩。)平凡日子里,你想象出
敌人。各种敌人。每天遇到各种麻烦:被除名、
被偷拍、性倒错、被交出去、误入敌对的国家、
踩了雷、被抛入半空、在异性间轮回——这是
最惨的,无法自我解脱,且不会博得同情。
这儿,人们渴望雄雌同体,借此互诉爱、恨,
将它们当作一种漂亮的文体,使之互嵌相契。

知道什么时候悲伤是优雅的：流星划过而你正好
向外探头时；在疾病中，津津乐道这疾病，愿意
被它慢慢消耗时。"悲伤，有不可穷尽性。"倘若
他这么说，那么他一定说了谎，或耽于期待。
你面前有一个正被画着的女模特，你可以
支配她。让她往右边走几步，再往墙边走几步。
尝试新姿势。本人和幻象。让她成为一条亲切
的索引式大腿。让大腿不受干扰地独自去讲述。

利器

我有一些神秘倾向，关于起源。单细胞草履虫
和硅藻，世间诸物和你的身体，神灵和绝对意志，
各种假说。以物观物，或直观此物，有何差别？
瞧瞧星空下思维混乱，胸前满是抓痕的我，你就会
明白。（更多的是陈腐的理性、认知、旧审美。）
每天，我都在犹豫，要不要将去年的老问题
翻出来再想一想。这很荒唐。不像正经的思考，
倒像梦游，而且是，我的数十个影子在接踵梦游。
"我们是谁"——这是温和一问；"我们是一阵
幻觉吗"——这是忧伤一问；"我们是不是
半兽半妖"——这是恶毒一问。但我仍愿意
选择属于人类的这些问题，迷恋之，自我阐释之，
据其为利器。对于"已知既往"，有一些度量单位，
光年、夸克、飞秒。宏观与微观的弥合。你进入
我说的这世界要有所准备，去发现更令人吃惊
的存在，作为信仰实现的一例。巨大的，关于抹香鲸；
微小的，关于心宿二。日日环绕你的，波浪和引力场。

作为表象

有百科全书式的概括能力,使万物成为
这一个"我"的可计量之物,光靠一己之力
是做不到的。"朝天花板和地面涂颜色,绿和
蓝,给我一个表达法",还有互补性:"将苹果
和樱桃冷冻起来,给我一个意义,冰镇甜蜜。"
都是无益的说法。成为一个表现主义者是
不够的。你喜爱在冷色调灯光下展示肢体给
人看,将身子绕在钢管上(我也曾在一首诗中
讨论过"貂蝉的器官"——只是没说明
是什么器官)。这玷污了艺术。这一点的确
非常做作,却又非常唯美。带点儿忍辱负重和
未成年的身心羞涩。而自然中能找到的上好材料:
有新鲜树叶的树枝、蜂蜜满盈的蜂巢、在野外看到
的恒星爆炸、夜空……感到它们与我们是有联系的。
之后我们否认。声称不关心其他事物、其他意义,
这让人郁闷——譬如,有人用柏拉图来分析"我",
我就不乐意。说"世界就是世界",是同义反复。

赵野

1964年出生于四川兴文古宋,毕业于四川大学外文系。出版有诗集《逝者如斯》《信赖祖先的思想和语言—赵野诗选》《剩山——赵野诗选》,与胡赳赳合著《碧岩录今释》。现居大理和北京。

赵野诗选

秋兴八首

> 玉露凋伤枫树林
> ——杜甫

死者第一

1

死者又一次活转过来，秋天啊
巫山与巫峡已有点疲惫
词语飞扬让诗出场
江间波浪翻涌，与杜甫押韵
我认领一种痛，橙子惊悚
山崖投来犹疑的白眼
岩上枫木兴发，猿鸣三声
带着盛唐的情感和温度

2

诗人总是诅咒自己的时代
每一种罪都必须反对
谁说出阴影，谁就说出真实
失败需要一次次正名
前世的契约已付之劫火
我听见了久远的羑里之歌
活下去需要坚硬心肠
以及雨打风吹的种族记忆

3

我怀念晦暗不明的老九州
永远古旧，永远骄傲

繁缛的形式存续到今日
是一个奇迹,也自有报应
我为垂亡的部落提供了证词
答案越完美,后果越可怕
扬子江上跑来一匹快马
时不我待,少年志还在

4
诗要创造自己的现实
与当下和形而上学对峙
历史失去正义,诗要承接住
乱臣贼子惧的春秋笔法
椋鸟暴动,追逐暴虐秋声
从未同意对它们的统治
诗人总比鸟儿更难以理解
是谁为雷霆发了邀请函

5
神在此处像匆匆过客
汉语的修辞从未到位
传说并不在意是否发生过
菊花两地洒下同一滴泪
蜡烛暧昧,屏风蠢蠢欲飞
黑夜还要多久才过去呢
我把谶言一针针缝进内衣
文字醒来,拎着裙裾朝向彼此

6
物候不殊,却自有山河之异
树木传递来隔世的呓语
秋风移情,秋心万里作客
和抽象的长安安宁相处

我们一直忙着生也忙着死
楚王已多日梦不到雨
如果杜甫是我,他何去何从
星星不会为谁支付股息

7
我不相信未来,只相信过去
望气的人在八世纪逡巡
天下将亡之际,反王四起
该如何读懂那些签名
他想象出一个黄金时段
坚守老式的道德和进取心
我登上苍山巅,与亡灵相遇
倾听白帝城捣衣的声音

8
诗总是在顽强的生长
即便没有一个年份对它有利
世事艰难,我得做点什么
晨曦译出赶鬼者的夜话
要知晓一切是怎样发生的
还有好多东西值得捍卫
落日让十九座山峰悲伤
我会为它们加一点糖

注:"死者又一次活转过来"语出阿多诺;"谁说出阴影,谁就说出真实"语出策兰;"答案越完美,后果就越可怕"语出托尼·朱特;洪业有句"诗人总是比鸟儿更容易理解";"黑夜还要多久才过去呢"语出以撒亚书;"文字醒来,拎着裙裾朝向彼此"语出张枣;凯恩斯有句"太阳和星星不会支付股息"。

时间第二

1

时间脱了轨,诗歌飞扬跋扈
每一次兴亡都要重新考察
王朝总往道德更低的方向滑行
不惜一条路走到黑
人民热爱传奇而厌倦真相
他每依北斗写锦绣文章
云上的流言随大雨落下
朔鸟满林号叫,兔子眼跳

2

屠龙的少年翻卷巫山云雨
用一生去追随一个卦象
全部筹码押到无理数
要么大获全胜,要么彻底输光
真正的语言都是不可理解的
他苦苦寻找隐匿的天书
懂得我的不懂,过江点火
落霞与孤鹜激荡秋水

3

夔府的落日就是苍山的落日
昨天发生的今天还要来过
变化早已开启,悲笳不举
什么会成我的安史之乱
我精心虚构了非凡的大唐
从过去获得认同和确定
并加速让自己进入当下
检点黑暗的成色,重见群星

4

山河要词语扛起它的担当
菜园深陷叛乱的隐忧
易怒的孩子为幻象纠结
改写鱼与熊掌的记忆
我们一直止步瞿塘峡口
梦想一个盛世，总是所托非人
十万琵琶弹响霓裳羽衣
把彩虹屁拍上马龙峰顶

5

故人凋落了，只留下我
见证天的坍塌和诗的兴发
一座文明的丰碑，同时
也是一份野蛮暴力的实录
祖传信仰里，光是此世的
想法要在有生年落地
我知空执有，铁骑般冲锋
让卜风者扯着毛乱说

6

我颂扬帝国秩序和日常生活
捕获那些惊人的秘密
银杏痛饮狂歌，完成宇宙书写
让所有的评判失去效用
我激活前辈大师的能量
表达土地最后的挣扎
苍茫暮色中看见彼此
唯有赞美才能将我拯救

7

旧约信誓旦旦，新约一厢情愿

单方面签订不可能的赌局
能指已远离人类关系
上帝的存在原与我们不同
一只兀鹰在佛顶峰上盘旋
将死亡作为死亡来体验
我有舟楫，装载寓言和粟米
无端涯之辞径入桃花地

8
时代完成了自身的毁灭
留下一道伤口，让言辞填充
消失的物种有未酬的期待
我紧紧拽住那道远去的光
月亮照彻峡江上的栈道
所有无名者开始集结
如果还有明天，秋天啊
我的季候必定会来临

注："时间脱了轨"语出莎士比亚；"真正的语言都是不可理解的"语出阿尔托；"重见群星"语出但丁；本雅明有句"没有一座文明的丰碑不同时也是一份野蛮暴力的实录"；"唯有赞美才能将我拯救"语出米沃什；"上帝的存在原与我们不同"语出詹姆斯；"将死亡作为死亡来体验"语出海德格尔；"时代完成了自身的毁灭"语出索莱尔斯。

我心第三

1
我心里有太多的愿望在燃烧
爻辞行走过千家山郭
渔人还在江上，两夜没回

他可能永远也回不去了
我以二十赫兹频率发出信号
苍茫天地间找一缕返照
燕子飞遍诡谲的早市
一直没等来期待的时刻

2
这片江面多少人眺望过
我的眺望在不停生长
同学少年的音容日渐模糊
剩下一些名字，如水上浮沤
月亮在江心的波涛中翻滚
我放下执念，向青天追索
云中何时飘来樯帆
把我们带走，水流向火

3
我们缘何成了现在的样子
对真理显然天生无能
秋风盘旋在瞿塘峡口
一只鸟鸣叫，所有鸟应和
时代要求的绝对文本
原是要用热血和肝胆写成
我站在必然性的对面
说出那些不可言说的东西

4
有些东西先天地就在
比如定数，谁也无法逃过
我对人世的一切皆怀有善意
但没什么能夺走我的梦
昨夜月亮迷失一块边角

今日就死了牛和麋鹿
多汁的橘子悬挂树枝上
它们沉默着娓娓倾吐

5
我不过是一粒词，复活有时
如何承担激进的大义
长安存在过，再不会重现
我倚着长江以泪洗面
看清眼前的事需要持续努力
找回那些拯救性记忆
伟大的诗歌都会将锋芒
指向最初和最后之物

6
鸦群扑过来，像烧煤的航母
割据的狼烟把雾双规
荧惑星进入东方，古训有难
潼关在昨夜再度沦陷
黄河断流，谁投下胜负手
洄游的鱼签下生死书
我们一次次走到紧要关头
长剑含恨，天意如何辨认

7
普度众生的人已被众生普度
君子完败，何时有例外
明天和无常谁先抵达
获救的蝴蝶没有答案
帝国的垃圾时间，诗人何为
朱鹮夜夜发愿修个好死
我在一个人的臆想中入梦

从另一个人的梦里醒来

8
一面镜子高悬白帝城头
大唐在它内部活着和死去
我捡拾镜中的全部过往
为自己办一场秘密葬礼
青鸟从灰烬里寻回再生的象
永远不要让旧事物消亡
他弹指驱赶河流与群山
爻辞常怀千岁忧,秉烛夜游

注:"我心里有太多的愿望在燃烧"语出卡内蒂;"绝对文本"语出夏可君;"看清眼前的事需要持续努力"语出奥威尔;斯坦纳有句"伟大诗人的诗作都将指向最初和最后之物";"普度众生的人已被众生普度"语出龚盖雄;"从另一个人的梦里醒来"语出佩索阿。

诗人第四

1
诗人必须坚定凝视自己的时代
道破生活含混的详情
夔门打流水卦,天意深远
秦中烽火点燃了不确定
鱼龙寂寞,秋江有点冷
灾异的时刻我们身居何处
大雁整好阵列,雍雍去南方
鹧鸪踯躅着是否归来

2
世事似弈棋,黑白共担共业

怎样的孽方配得上此时
他的痛也会成为我的痛
覆巢之下岂有完卵
我奔走在这惨烈的人间
像丧家犬，惶惶不可终日
命运不理解苍山的愿望
浮云击鼓，蜉蝣衣裳楚楚

3

黄鸟枕书入睡，丹桂也醉
满院子香气像一个盛世
他拒绝成为指派的角色
一定不要让斯文堕地
行路如此难，谁能独善其身
我切切呼唤诸神的统治
追随一条鸟道，等待天启
奔腾的龙溪私写国史

4

长安和洛阳，成都和夔州
大地配得上十个天空
秋风应约而来，检点平生
半世漂泊让草木动容
我走过的地方，树枝都高举
要成就伟大的尘世之诗
言辞起义，激荡天人之际
重获坚定的古代风格

5

不负责任的朝廷，像滚刀肉
寻常的斧头无所适从
花开陌上，被行刑队瞄准

左翼统计学代天一哭
他艰难地打磨高蹈的诗句
为记忆把八世纪孕育成熟
留下信史,与青山互证
一起成为同时代的人

6
迁徙的鸟停下来唤醒死者
怕他们的创伤不够真实
故土要献祭多少赤子
才能在沦亡中获得拯救
我醉卧江楼,鹤从白帝城头
飞进乐游原上巨大的黄昏
其实我怀想两座长安
一座已死亡,一座尚未诞生

7
枫叶娇艳,山崖泪水飞溅
人在大地上何所依傍
江水奔流不息,原要我回应
一些古老的根本的问题
远离神并非那么简单
必要承担虚空的千军万马
苍山飞泻下一道光的瀑布
光芒后面是怎样的究竟

8
一个高大的导师走过石桥
红旗闪烁着随物赋形
你们会继承怎样的因果
是你们的宿命,我无从揣度
扬子江上,鱼飞起来吃鸟

我在苍山顶沉思这个象
故国的厄运还有些时日
风从乾起，星星径入月亮

注："诗人必须坚定凝视自己的时代"语出阿甘本；荷尔德林有句"命运并不理解莱茵河的愿望"；"大地配得上十个天空"语出曼德尔斯塔姆；本雅明有句"要为记忆把19世纪孕育成熟"；"同时代的人"语出阿甘本；"一个高大的导师走过石桥"语出柏桦。

他生第五

1
他生时已死，是真正的幸存者
亡灵涌过来催我让路
国家从来不需要诗人
时时警惕他们看护的词语
我痛心帝国的动荡与剧变
十万椋鸟正暗度陈仓
早晨睁开眼，树如此好看
想象世界是最终的善

2
紫气东来，函谷关开门见山
清风翻开高挂的推背图
李花一朵朵飞过渭水
它们低声说出自己的名字
每一年都有光明与黑暗
而今年的黑暗落下得最多
风未过河就拆了一座桥
注定要在意识形态里空耗

3

有一种当下我们从未身处其中
桃花只开在四时之外
琴弦起幻觉成命运主人
拨动着诸夏的暗八字
我们一直载歌载舞走向苦难
吃太多的盐,不作不死
每个王朝身后有那么多坟墓
最后一个一定是自己的

4

如果上帝也成了做梦者
还有什么是不可能呢
反动岁月失忆,终年积雪
满山杜鹃逢场作戏
他以万亿国债做空天下
既败给文明,又败给野蛮
人人心中有一册小账本
苦等着五星聚集房顶

5

我想做的不是谈论自己
而是跟踪时代的喧嚣和生长
所有人都在等着什么发生
却不知道将要发生什么
我只关心人类做的事情
石头不会告诉你,劫火已起
昨夜血月停驻蓬莱宫阙
谁能拯救一个灾变的象

6

茫茫天地啊不知所止

我写作诗句像研究宇宙法则
陇头流水在山下流离
活着总是会碰到很多问题
站在传统终结的地方
他开创了一个新的传统
面对诸神的敬畏，让声音缄默
唤醒沉睡的忧伤和诗学

7

秋风猛烈吹来，秋风势不可挡
秋风后面是更多的秋风
秋风要求一种新的抒情
镜子失重，我动还是不动
他夜半焚香观察天象
火星尾巴悠长，山河油尽灯枯
我确实看到了那么多不幸
神自戳双目，开始流亡

8

重力、疾病与年岁摆布着我
我注定要忍受一种奴役
有道坎圣人也迈不过去
错误的年代，我不想再来
世间法全是粗鄙的套路
所以锁链纷纷变成了正义
神话无法兑现，必然引火烧身
谁知道哪片云彩会下雨

注："他生时已死，是真正的幸存者"语出卡夫卡；"想象世界是最终的善"语出史蒂文斯；阿甘本有句"从未身处其中的当下"；"如果上帝也成了做梦者，还有什么是不可能呢"语出伊哈布·哈桑；"既败给文明，又败给野蛮"语出黄仁宇；"我想做的不是谈论自己，而是跟踪时代的喧嚣和生长"语出曼德尔斯

塔姆；"面对诸神的敬畏，让声音缄默"语出荷马；雷蒙·阿隆有句"因为锁链已经变成了正义"。

我在第六

1
我在土星的光环下来到这世界
带着前世的冲动与犹疑
浩瀚夜空打开了无限可能
我梦想建立绝对文本
它永远生长，永远无法完成
要证明自己的力量和光荣
我怀抱整个英勇的过去
相信偶然性，山崖突进

2
面对人群，我羞于说明自身
让生存难题变成美学实验
我把一台反对汉语的战争机器
安放汉语里，发出求救信
在衰世里如何保持尊严
如何去爱，以及如何去死
如果我是蛹，谁会成蝴蝶
他推开门聆听虚空开示

3
他梦想建立自己的语言系统
满脑子涌动六朝和风暴
每首诗都是一次新的历险
刀锋悟空，直抵鱼的白日梦

他拆解了秋天的逻辑
重新设置诗歌的汇率
一开口凤凰就飞出来
挟六经令天下，万物同行

4
落叶悠悠，时间依然在那里
高烧的樱桃被乡愁下架
我把意义暂借给存在
照树本来的样子感受树
做时代的异己者和陌生人
在自己的世纪无家可归
或者做一个满脸秋风的杜甫
固守政治与道德的正确

5
该发生的都发生了，我的眷顾
像一张无人签字的收据
燕子云反抗，能指首先阵亡
所指的秘密瞬间泪崩
彩笔向下俯冲，墨水缄默
我依然能够为天空言说
好诗人也要凄凉折腰
他点燃一个词，见证彼此

6
安静的鞋子吃忆苦饭
沉思反对的东西，不忍上路
公共激情从来不靠谱
谁飞来青眼就为谁写作
我遵循天道展开宏大叙事
注定永远要与大海搏击

不朽是个幻觉,但值得一赌
一千年以后谁还读我

7
大江日夜流淌,星垂平野
每一代人要有自己的新意
我乘着韵律换一种活法
四处寻找可译的碎片
死亡亏欠了好多生命
他有屠城阴影,螺丝拧紧
群星发出了古怪的信号
兔子原地打转,找不到北

8
农业把老灵魂紧按在土地上
我们对神骄傲,对王渺小
编码已封印,数据亡命
去哪儿找向上的力量
所有生死都会被铭记
并且说出,这是诗的事情
澹澹秋声自龙溪深处升起
万里风烟接上我的枕头

注:"我在土星的光环下来到这世界"语出本雅明;德勒兹有句"他在德语中安装了一部反对德语的战争机器";"重新设置诗歌的汇率"语出艾尔曼;齐奥朗有句"意义借给存在";佩索阿有句"像一张等待签字的收据";策兰有句"点燃一个词作为我们彼此的见证";"注定永远要与大海搏击"语出托克维尔;"群星发出了古怪的信号"语出希尼。

人类第七

1

人类之后还有能吟唱的歌
一片树叶窥见星系起源
太阳膨胀,滋生新的暴力
宇宙没有义务让你理解
无法信任永恒是一种悲哀
我不幸属于这个年代
更多的秘密在路上,难以企及
不如把引航权力还给神

2

大地盖满了房子,安置自由
原来鸟道才是我们的路
天空禁止飞翔,我乘着重言
滑行在孤危决绝的缝隙
我收尽奇峰,重组各种隐喻
为日益阴翳的当下施魅
没有人再去理解别人了
所有的耳朵都已关闭

3

读懂大唐容易,读懂我难
世纪恐怕下不了断语
秋风起底夜月,与石鲸和解
让远去帆影成古典偏见
红烛垂泪,午夜一样不安
誓为出轨的黄昏立传
我在人群里得不到回应
通过苍山来感受自己

4

坏消息坐破七个蒲团
好久没有梦到长安和杜甫
王朝已对所有事物编码
时间也验证不了它走向何处
此刻,最老的树叶落在地上
我是我所是,白日迟迟
酒盅展手,墙上坐着老英雄
谁也不能代替他的死

5

死亡会成为一次伟大的拯救
它不是终点,遗忘才是
我们来时原本不得不来
走的时候也不得不走
我径直向无常打杀过去
虚空眨眼,银碗里盛雪
上帝不在可见之地显露自身
生死之外当然有大事

6

我们应去寻找共同的东西
把门口积雪打扫干净
眼前是空无,还是神的臆想
尽大地撮来如一粒粟米
我们不过智慧的一个进程
旷野上柏树子年年脱落
我已抵达了语言危险的边界
世界等着它的硅基诗人

7

如果你想知道我说了什么

就去找出话语的象外之义
我们相见奇迹就发生
我们不见量子会汗颜
我相信一个神,他就在我体内
一指就收进百亿须弥
此心常涌动万顷波涛
虚空决绝,珊瑚枝枝撑着月

8
生命需要嵌入宇宙秩序
一切自会有更好的安排
所以没发疯无须怀着歉意
遭逢历史打击,不必感到羞辱
重要的是明白我们遇到了什么
现在又必须做哪些事
雨下了一昼夜犹未停歇
只要眼泪还在,人类就在

注:"人类之后还有能吟唱的歌"语出策兰;"宇宙没有义务让你理解"语出尼尔·泰森;"没有人再去理解别人了,所有的耳朵都已关闭"语出钟鸣;"最老的树叶落在地上"语出贺拉斯;博尔赫斯有句"我把死亡视作伟大的拯救";"上帝不在可见之地显露自身"语出维特根斯坦;"遭逢历史打击,不必感到羞辱"语出谢弗尔。

万物第八

1
万物向着词语聚拢
凡发生过的事都不该被扬弃
诗要面对更高的存在

必得向秋风讨一种说法
帝国早已找不到我的位置
潼关在前，长安在后
我像一只沙鸥漂泊云水间
除了成为诗人，什么都不是

2
我写离乱的诗和陡峭的诗
写爱的诗和责任的诗
我击穿那些无动于衷的厄言
命定成为种族的触手
凤凰栖梧桐，秋蝉动乡关
鹦鹉啄起芬芳的稻米
面对母语，我像个异乡人
在满屏冷眼中认出自己

3
文字是朝向过去的一场远征
所有前行都为接住往昔
一些美已然绝尘而去了
想起青春壮游，我热泪长流
瞿塘峡口的舟楫衣裾猎猎
争相进入梦想的三峡
他投下文明的深水炸弹
触及什么，什么就破碎

4
几个隐喻在梁上，黑得发亮
大唐就此进入垃圾时间
杰出的头颅像匏瓜往下坠落
死于路途者永远不发声
渔阳鼙鼓动地三千里

只待诗句实现自己的命运
我记录了诸夏那么多苦难
自己也成苦难的一部分

5
汉语一直企望它心仪的歌者
站在文王的土地上歌唱
他捕捉言说之前的战栗
风行走水面自然成文
开元气象何在,我回到梦里
只对星辰和花朵说话
我倾听着来自天上的声音
荷尔蒙掉头,朝向不朽

6
生活与写作之间,我选择后者
努力守护祖传的使命
现实狂悖,我在黑暗中发怒
祈求好的天气和运气
巨大的荒凉降临白帝城头
他重新定义伟大的诗歌
秋风呼啸而来又呼啸而去
审视我的每一次驻足

7
这个国家我从来没有懂过
哪儿是它不堪的痛点
洞庭湖颠倒乾坤,又过了一年
燕子还未找到自己的家
我们远远看着,似曾相识
又彼此陌生,秋霜漂白头发
一个故人穿越千年赶来

长空万里，亡灵揭竿而起

8
天意高难，该放下的就放下
明月沉碧海，白云回苍山
我对世界不再有亏欠
江湖浩渺，大家就此别过
魂魄一定有更好的去处
劫火熄灭时他还会返回
一卷诗成，创世的感觉升起
我度过了美好的一生

注："万物向着词语聚拢"语出贝恩；"凡发生过的事都不该被扬弃"语出本雅明；"种族的触手"语出庞德；"触及什么，什么就破碎"语出卡夫卡；"在黑暗中发怒"语出叶芝；"我度过了美好的一生"语出维特根斯坦。

沈天鸿

1955年出生,安徽望江人。祖籍江苏。中国作家协会会员。安徽省作家协会第四届、第五届副主席,安徽省散文随笔学会名誉会长,《安徽散文》执行主编。主要作品有诗集《沈天鸿抒情诗选》《另一种阳光》,文学理论集《现代诗学》,散文集《梦的叫喊》《访问自己》(《中国当代青年散文家八人集》下册)《俯仰世界》等。

沈天鸿诗选

秋水

我总说:秋水在远方
总是忘了
这句话就是秋水

我说这句话时正是夏季

这句话一出口
秋水就已淹没了
我的脚背

站在秋水里我总说:
秋水在远方
日子,就这么过去

火焰

火焰,与我们的肉体无缘
我看着它燃尽,最后的火苗
突然停住
一只鸟在雪地翻找食物
红红的脚爪,抓痛
先于这个黄昏到达的残忍

人在多高的热量下才能自燃?
不可企及,我的经验
只是被火一次次烫伤的经验
那疼痛隐入肉体
余烬犹温

火一闪就不见了
黑暗从时间的高处落下
骨头的空谷中
血液被风吹动的声音

虚构

1
  黑暗中许多岁月过去,尘土不断降临
是什么使你在人海中闪现
无声无息,潮湿黝黑的树枝上
花朵的开放如同一次地震

花朵一闪而过,风雨快车的窗口
低飞的鸟穿过我无人的心境

2
我现在在一个小站下车
泥泞的路是我一生闪光的中心

人一生会有多少次爱恋?
唯有痛苦忠贞不渝
我的手臂上又一次黄叶飘零

爱情和秋天都是旧的
一波三折
每个人都有自己的子夜时分

3
大河动荡,星光和露水一齐在飞

一个人的归宿是他出生的村庄
而今村庄沉寂，归根结底
离去的时候都居心叵测，不怀好意

而我回来，重临遗烬
爱太高深了，爱是来去之间
无从获知的距离

还有什么完好如初？我没有见过你

拾级而上的低语
在大河上黑鸟一样飞

4
我感到疼痛。抬头我会看见秋天
秋天一碧如洗
使一切不能留住

泥土高得下雪

我尚未达到
我只是立在山脚的秋风里
我的疼痛不值一提

秋天，已水落石出

干草

秋天了，一切都变成干草
不能变的
就闻着干草的气息

远处，是一个村庄，风
吹动一棵树上忘记收回的衣衫
那衣衫，已被人穿过

风，正吹干汗湿了的生活
它的气味，混合着
干草的气息，正向远方迁徙

不断地，从一个总是较短的夜
走向下一个总是更长的
夜，不再回还，就像

一个移动的启示录
把更多的秘密带给了
更多的世界，但也因此

逐渐耗尽了能量
但它隐藏住了
自己的这个秘密

最后被吹拂的那个人
知道得最少，但他将自己
加入了燃烧并且变幻的行列

因火光而出现的
本来不可能的幻象
在灰烬上获得了真实的热烈

人间气息

秋天停止了，陌生的乌云飞来

在低地，蒙蒙的小雨
失去了雷鸣和闪电，变得丑陋

刚翻耕过的土地，已播种下
出苗后才能被人认识的种子
几个农民在用石块垒院墙
石块的黑色在雨水中抖动
像是活过来了

石头总是比人
更快更直接地
被最小的雨打湿

那几个农民一直沉默地干活
动作默契、协调
仿佛本来就是泥水匠
但他们不用泥，只用石头
大块的垒在下面越往上越小
那是原则

他们为什么不说话？他们
会这样一直劳作到
很晚的时候
直到坍塌了一年的院墙
带着完整的投影，进入
停止下来的夜晚
和夜晚的灯火？

而我已提前看到天色暗下来了
无限的寂寞中
我闻到了人间的气息

陆健

祖籍陕西,出生于河北沧州,在河南洛阳读完中小学。1978年考入北京广播学院新闻系。20世纪90年代中期至退休期间任教于中国传媒大学。出版诗集《名城与门》《非典时期的了了特特博士》《34份礼物》《一位美轮美奂的小诗人之歌》《开片——2020年诗选》等。

陆健诗选

路过

从超市滚梯上来
见到那人,在擦落地窗

天空有污渍。他擦
湿痕依序排列,像简单的字
像一些笨拙的笔画

流云碰碰他袖口,移开了
他擦,时间的阴影。他擦
太阳昏黄,光斑摇着他的脸

他擦去自己的身形,臂膀
只剩一只手,持续搓动

他擦去了自己的手
只剩下大片的透明还在

每天,那条鱼

那条鱼躺在案板上
我刮鳞,剖腹,清洗,上锅蒸

好像还是它
第二天又来到案板上

好像昨晚已将
一堆残渣般的自己黏合,缝合

它大口大口喘气

穿好波光粼粼的新衣,忍痛
回到河里

现在,它就这样定定躺着,望着
葱花,姜蒜,还有一杯土酒

周末生活

太太观赏电脑的亚洲电影
儿子在手机上浏览欧洲科技
干脆,我捧起一本写美洲的书

我们一家三口,就这样
把世界抱着,把世界狠狠地爱着

屋子很安静,天气也晴好
中午了,谁也不抬头
谁也不提做饭的事。就这样爱着

好像要比一比耐力,比比
亚洲、欧洲、美洲
谁最能扛住饿

我的火你的水,我的水你的火

火的恩情和敌意
水的损害和滋养
从父母来,从来处来,纯属意外

你的火以风的形体翩然出现
脚踝如秋天

榭树下,你的那日你的火
幽暗了下午,地平线
扯动水面夕阳,它进退失据

你的水我的火汇聚为
镜子与影像的重合
一队兵马清空一个单音词
的内部然后驱逐了自己

你的性别城池紧闭
我的火从怀中掏出初次的花卉
一米一粟,栅栏瓦解了冬
它的惊慌,饥饿的头顶忧伤明亮

偶然的、必然的矿藏
你的火煮开你的水
冰雪的中心温暖,恰如其分

眼泪与甘甜。水火的混合
拆开,"淡"如水流陪伴火堆
无辜而润燥适度,比拯救更威武
我和世界隔着一层水火共谋的皮肤

水纹的尖锐抵住这一刻的命门
火把惊叫写在瀑布的脸上

黑白琴键,交接处溢出光阴
水与火缠绕纠结
你右眼的疼痛看见我左手的颓败

欲望退潮，退位。生活在暗处教我

财富坠入绝望，并不比贫穷更慢
九月的清凉剥开一朵莲花的宗教感

你的自足，我的无数个
真实得好像没发生过
你我的拥抱，像爱情
相互扑了个空。就如

我们的执着，不知其所
就如我的不期待读者的写作

隔壁兜兜

兜兜昨晚做了个梦
刚起床，天就黑了。窗前
迷迷糊糊的流星滑下去
空气中飘着鱼眼
很多国家的食品柜里摆着节日
竟然没一个不是儿童节
高楼长得像裤子
腰带上插满旗子
每个班的数学课代表——
银行家，最卖萌。4加4
老师让它等于几它就等于几
男人女人攀比新玩具
瞅准机会，大个子
就抢邻桌的零食
那只背着花朵乱跑的鸟
在扯风筝。云彩在叫

街道上的人,真多
他们穿过房间
有的领到两颗糖,有的三颗
有的领到一张糖纸,包着晚安

我的远方的美路

一张照片,把我带到萨德伯里
普通的庭院。美路,我三岁的孙女
正在看电视。圆圆大眼睛,目光
直溜溜的,好像大气都不出
她的哥哥恩昊也入了神,右手
举起,还没来及举到最高位置
食指略略弯曲成问号,神情专注
好像面临前所未有的一件事
又好像疑惑:"世界怎会这样呢?"
兄妹俩完全没注意他们的爷爷
就站在窗户外面,站在岁月里
美路,我还从未抱过的孙女美路
对电视里的情景一脸愕然。她的
愕然广阔无边,使我泪流满面

樊子

1967年出生,安徽寿县人,居深圳,在深圳长期从事非公企业服务、引导、统战和慈善公益工作。1984年开始诗歌写作,历任《诗选刊》《诗林》《诗潮》《诗歌月刊》等兼职编辑,油印诗集《微雨》,出版诗集《木质状态》《怀孕的纸》等。

樊子诗选

大鲸

想一想，如果这世上没有了风
一切都会没了模样
也不可能有色差。

没有力量
此刻，沙丘在静止，大海在静止。

一头大鲸浮出海面，没有风，它不可能
把海水搅得哗哗响。

一切都是无声无息的，鲸耸起头颅
不会有声响
身子坍塌自然也不会有声音。

没了色差，我也看不到大鲸
我记得我在海面上奔跑时，好像撞上大鲸
因为都没有风，火山似乎也撞过我。

灵魂问题

我坚信万物都有灵魂，一条死去的蝮蛇
一个腐烂的苹果
一粒海边的沙子。

蝮蛇的灵魂或许是一道彩虹
苹果的灵魂说不定就是一块乌云
沙子的灵魂呢
不可能是一座高耸的灯塔吧？

彩虹、乌云或者灯塔
都有形状、颜色、质地和大小
它们的灵魂不断重复着世间万物的样子
也在人世间重复着生与死。

我有时觉得，这么多的灵魂重复着存在
实在没有多大的意义
还是让我起个带头作用吧，死后，不再
有灵魂
也不去争做星星、月光、阳光
甘露
和蜜。

暴风或暴雨

要是把这些词语串连在一起，大抵会
产生不妙的局面：暴雨、暴风
乌鸦、乌云。

在我的人生中，常遇到这样的词汇带来的境况：
天突然黑了下来，乌鸦在低飞，云像铅块
我预感暴风或暴雨将至
往往这种预感又是失败的。

后来想想
可能是暴雨、暴风有时不愿意和乌鸦、乌云裹在一起
如同晴天喜欢和霹雳组合成一种语态。

绿皮火车

绿皮火车在榛莽未除的山坡上发出咔嚓咔嚓的摩擦声

枕木最早铺在藏有星光的山洞里

时间慢慢蠕动

如夜鸟惺惺地叫着

它的喧闹,它的地平线,它拉风的胃

它把臃肿和肝病涂上颜色,像

羊吃完最后一株青草时嘴角的绿色唾液

它没有盐分

它是一条失去冬眠习惯的蟒蛇

它是一个手握烂苹果和麦芽糖的起义者

它还不懂得转过身子来

我在它相反的时间里铺着枕木,从老年

铺到少年

它一生都在听我的肋骨和颧骨从不间断的塌陷声

赶考记

 一条羊肠小道弯曲又弯曲,靠近铁轨的方向,也就是

油菜花褪色的五月,在广场之外

我们什么时间学会了三五成群,露宿野岭,从村落里

偷来羔羊

三刀剁下,羊血没有四溅,学贼不行,我们斯文扫地,

嚎啕大哭

你爬过最高的山肯定不是泰山,去过最长的河流自然不是黄河

仅仅就这些真实了,不要去谎称自己的身份和来历

我们要不不学人模狗样,我们要不随无数条羊肠小道

弯曲再弯曲,索性不上京城了

中途在一个叫安徽的地方停下来睡一个好觉。

再从村落窃来公鸡,放在山头的苦楝树上

一早，雄鸡会喊醒河南、江苏、湖北、江西、浙江
和山东，闹得它们要早起
要上厕所
要洗昨夜的内裤

膝盖位置

我躺下，像起伏的山峦，这点我清楚
也不可能像一条枯枝
星光依旧在
那燃烧的枯枝发出哭泣的声响
在我膝盖的位置
就在星光黯淡的时刻

老船

是的，这艘船停泊太久了
我逃离它
我白色的额头被锈迹斑斑的铁锚擦出了蓝血
你们看清它脖子有个裂缝，开始哗哗进水了
它会成为流水的
你们理当提醒我一下

先睹为快

一片郁葱的山峦褪色的时候
也是冥王星开始焦虑的时辰

它拿玫瑰色引诱
它拿罂粟色迷惑
它拿一只狐狸的白色和三只苹果的红色
作为一封情书的内容
我不想先睹为快，冥王星呀
你那么的急切，不该第一个
听到我在破落的山坡上的叹息声！

见字如面

会爱的人都在月亮上荡秋千了，
会哭泣的人也会在月亮上荡秋千。
大地上只留下我和一头骆驼，
骆驼哭瞎了眼，它不会在月亮上荡秋千，
它跟随着我，
我不介意，月光明亮的那刻，
我在读一封情书："见字如面。说一下
我在月亮上的糟糕境遇：
眼前总晃动一条狭隘又狭长的影子。"

我知道

我知道时间的原野上走来白象，沉闷的足音
是孤独的力量。
它走近我，和我说说天气转身就走了
是啊，我们能说什么呢
这偶尔的不错的天气
适合走走
绕过池塘单薄的荷花
远处的山脉还是那么黝黑。

赵原

诗人、小说家,中国作家协会会员。现居深圳。著有诗集《晨曲和叙事诗》《有多少月黑杀人夜,我是这样度过的》《我的灰蛾已盯上了最美的那个》《世上最好的牙都在他嘴里》《灵魂没有庙宇》,中短篇小说集《我们不得不重新回到大街上》等。

赵原诗选

那里的树木已摘光了果实,为什么反倒更繁茂

冬天来得太快
唉!洛丽塔已无心生活
她盯紧了每一个可以跳出去的好日子
给自行车装上了恰到好处的链条
你路过　看到别的人还在忙忙碌碌
风干的丝瓜还挂在藤上
鸦群在山峦以外最后一次集合
暮色压低了它们的翅膀
而你听到了很大的声响　心脏怦怦乱跳
那里的树木已摘光了果实
为什么反倒更繁茂

孤独的命运和不断向远方扩散的阴云

难道还能分别面对?

唱完临别的一曲
洛丽塔就该上路了
我仰慕她的固执和无情
为她整理好行装
用咒语　托住天上的雨水

四月的旷野会刮起长长的风
但现在是九月啊!秋日所剩无多
趁着野苜蓿还没被旱獭啃光
你该为此刻正在消失的事物祈祷
孤独的命运和不断向远方扩散的阴云
难道还能分别面对?

马群

顺着一条河流走上去
你终会看见大雾弥漫的山峦
看见马群　巨石般地
洒满河流两岸。巨大沉默的马群
冒着热气的鼻孔　和冷却下来的天空
迎着大地的斜坡
你终于走到了这里
这片神明般的草地；枯叶中
冰雪的气味已经覆满对岸
匆匆忙忙　鸟使劲拍打翅膀
把满腹的草籽和石头
运往不明国度　而你不知道
这些沉默的马　停在这里
是坚持　还是等待
它们黑沉沉的身体　吸收了
水上最后的光亮　而在它们四周
是更明亮的秋天

阳光落地无声

那里有牧群和青草
长着短胡子的人席地而坐
用各自的杯子喝茶

那里有勇士和烈马
死后都埋葬在一起
再盖上腐败的树叶

那里有雷电和崩塌的山岳

而鹰隼重新起飞　但转眼间
又撞向玻璃和硫磺

那里有短命的妹妹
和倾斜的大海　我站在海水中
骨腔里充满氢气

谁此时孤独　就永远孤独

"醒来，读书，写长长的信"
你知道这是不可能的　苹果还没成熟
就已变成石头

葡萄还在树上　就已化为失败的胶囊
那些从稻草中炼制的言辞　一经吐露
黑夜就堆上了我的餐桌

树木倒下　飞机的残骸上碾过拖拉机的辙印
而你越来越老了　骨腔中的氢气向颈椎集中
血液却在远离舌尖

是的　你越来越老啦
你这大雨敲打的屋顶下的老裁缝
怎能放下那空荡荡的尖底瓶？

虚弱的山梁还需要一把燕麦
就能重拾记忆了　"谁此时孤独
就永远孤独"

我在落叶中徘徊。那些被内心的硫磺

焚毁的人啊　他们也爱着我的最爱
恨着我的最恨

卖雪球的先生

他就那么靠墙站着　笼起手
压低帽檐。这儿很冷
但没风　他面前的纸箱子上
整整齐齐码着十二个
精心制作的雪球

我装着不经意地
走过去　轻轻摸了摸
可爱的雪球。很温暖
很熟悉的感觉

我俩相视一笑。
我蹲下来　蹲在他旁边
从潮湿的烟盒里
摸出最后一颗烟

雪已停了　远处有人在走近。
这个寒冷的早晨　他沙哑的嗓音
像灰椋鸟惊颤的翅尖掠过积雪的枝头
"买一个吧！这是以上帝的名义
制作的雪球！"

冷杉

在连续翻过两座山之后
我和老梁停下来　他试着
嚎叫了几声　然后冲着我摆摆手
侧耳倾听远处

这片广袤山野
我们已来过多次
茂密的冷杉林
在寒气中纹丝不动

你能想像吗？几周前
这里还一片苍翠　拳头大的红颊椋鸟
在草丛中跳来跳去　仿佛一夜间
强悍的大自然　就换上了新的幕景

老梁仰头　看了看低沉的天色
再次冲我摆摆手　多么寂静啊！
林子里　一根一根的光线
就像插在苔藓上的冰凌

但我分明听到　有隐隐回应
掠过纤细的树枝　老梁背过身
在风中点燃一颗烟
他咳嗽了一声

这次我听得更清楚了
就在离我们不远　就在前面
或我们身后　有不明生物
也冷冷地咳嗽了一声

吴少东

安徽合肥人,中国作家协会会员,安徽省当代诗歌研究会会长,先后获中国优秀青年诗人奖、新世纪中国十大先锋诗人奖。早期诗歌结集于《灿烂的孤独》,出版有地理随笔《最美的江湖》,诗集《立夏书》《万物的动静》等。诗集《万物的动静》获中国2019—2020年度十佳诗集奖。

吴少东诗选

七月初的一天夜晚

晚宴没有饮酒,山下作别后
独自疾驶在高架桥上。
走在熟悉的路上,我很安心
也能辨出建筑物的昼夜异同。
风,从敞开的车窗刷进来,
不像是七月的。
刚才额外的欣喜,
不像是我的

我的性情大异,
一进入庚子年,便觉巨变。
我否定了整整一个春天。
我已认不出摘下口罩后的自己
每天频繁洗手,仿佛
那僵直的十指不是我的

此刻,城市上空,白云被灯火
烧得通红,像一张隐忍的脸。
大雨初歇,暴涨的江水开始回落
像常发完脾气的我。
没顶的石马从皖南探出
半个身来

坚硬的立足点

霍先生说阳台是我中年的取景器
我喜欢在悬置的部分观察,并
思考一些风物与人事

我的周遭都是空的
被河流隔开的城市很远
被林梢挑开的天际线很远
云在青色的高空整体移动
我晕眩,我在动摇
在阳台上我有时会放弃
自己的立场

但夜晚自有安静的相对论
这十年来我已改变了许多
山不动,我向山走去
水长流,我在岸边站着不动
彼时我是礁石,或是巉岩
在阳台之下
我也有坚硬的立足点

我曾将自己的诗集取名
万物的动静,这动静
是动与静,我的动静不露声色

灰喜鹊从棕榈树上落下又飞起

我不认为这是一次否定
或否定之否定。
独坐林中的两个时辰
我一直关注这块棕榈林
灰喜鹊叶片一样落下来
又叶片一样飞起来
我说的不是姿态
也不是方向与速度

靠近小满的阳光照耀我
也照耀红漆斑驳的空椅子
灰喜鹊立在弹力十足的枝条上
并不留意渐暖的河水
不时从枝头飘入浅浅的草丛
又旋即飞向另一个枝头
棕榈叶的佛手在风中抚拨
震颤的光线,我并不着急

我已决意不去远方了
也决意耗去难得的几个天气
整个下午,我枯坐如桩
遛狗者被狗牵着快速路过
我熟视无睹
我只关注灰喜鹊在林间
飞上飞下,飞来飞去
偶尔看一眼缓慢的河流

破圩

庚子年的仲夏我已坦然许多
不再似初春时,忧心忡忡
暴雨一天大过一天
我竟忘了沼泽般的疫情

对一切喧嚣尘上的事物
越来越不太在意,笃信
自然与常识的律力
皓首如雪,不着一字如宣纸
无非是废去我的中年

一滴雨落下,孰先孰后
落于何处,高水低流
这些都无关紧要
大地早备好硕大的杯盏

昨夜闻听破了十八联圩
我也没有过于惊悸
你造下的,你须担承
心中的十八连营一再被破
但破阵者大都是我自己

我的体内坑坑洼洼
布满平静的蓄洪区

小雪日记梦

在深秋之际浙江一个挺出名的古镇
银杏的叶子镀石为金
我与周华健同时发现对方
站在石桥的两端大声招呼,熊抱
手掌将暖阳拍进彼此后背
"伯父好,你们父子真像!"
"四牛!"身后的父亲灿然笑道
依然是他六十岁以后的笑容

我的心头一凛
父亲是如何知晓华健小名的呢
七十三年时光不记得他曾唱过歌
许是我回家看望他与母亲时
哼唱《朋友》,他听见了,后来
又从电视上听见看见了记住了

他遗忘这个世界前的某个属相
我想这是唯一靠谱的推论

昨夜风大，落叶撞窗如叩
梦从小雪日惊醒，但梦还在缓冲
一瞬间我确定父亲歌唱过
在他办公的桌玻璃台板下
下巴高过桌面的我曾亲见
压着一曲笔迹工整的词谱
像一扎竹排随江水穿过夹峙的群山
江流似旋律，父亲歌唱过

听雨

半夜醒来，我努力分辨雨击打
钢铁、水泥与棕榈叶的声响
想着粗大的雨点在河面上砸出
无数个急促相离、相切、相交
最后却汇于一体的圆漪

雨下了整整一宿，我的脑海
充满声学、数学与力学，换算
线性之水与共面之水的态势
流水与桥体互搏，那么揪心
不发一声，却暗自用力
通过，或越过，抵制，或摧毁
大流无声，像一场政治
枕上听雨，只能风闻

太阿

本名曾晓华,苗族,著有诗集《黑森林的诱惑》《城市里的斑马》《飞行记》《证词与眷恋——一个苗的远征 I》,散文集《尽管向更远处走去》,长篇小说《我的光辉岁月》等。曾获"十月诗歌奖"(2013)、首届"广东诗歌奖"(2014)、《诗歌月刊》年度奖(2023)等。

太阿诗选

蹿上蓝花楹高枝的黑猫

蓝花楹还在那儿，准时开了，
在从碎瓷器中转出的黑猫眼里盛开，
什么颜色？玛瑙眼球的一条细缝中
蓝花楹与城市、天空合为一体。
猫蜷缩在树下，把瓷器的手留在眼中，
把蓝绿黄棕的眼球留在眼中，
但不再有温暖的呼吸擦亮眼睛。
风飘来巨大的腐肉，它想爬上树，
躲避低处幽暗，试了三次，终于蹿上高枝，
水蓝、天蓝、海蓝、冰蓝，花筒不说话，
天空也不说，渐渐变灰变黑，穷如大地。
瓷器的胸再次闪现，猫闻到云，
但云已将蓝花楹遗弃。可怜的蓝花楹，
凝视着猫，想给它一个响吻。
猫迟疑地死抱着枝，一时忘了如何下来。
在他转身的瞬间，灵动轻盈的舞者
"嘣"的一声掉进巨大绿色垃圾桶中，
惊醒的盖应声将其大力合上。

梦：爬梯拣瓦

一部梯子看起来是一部梯子
风和阳光扎进梯子开裂的脑袋
但不影响使用也不会改变什么
你我他爬上去都一样梯子不旋转
除非玩杂技把自己和梯子缠绕
梯子向上没人会想到通向炼狱
梯子的头顶到了天了没有除非做梦
梯子顶着屋檐下那里曾有燕子窝

现在没有了因为没人回去
现在回去了暴雨刚过梯子立起来了
这也不能改变什么就是上屋拣瓦
所有的横木都一样也都不一样
第一根想到父亲停顿时又想到地下的祖父
第二根想到自己你的目光穿不过围墙
第三根你想该是儿子了能看到新开的枝
梯子开始微颤你不再想那么多
一口气爬了七八根抵近屋檐
一片黑压压的瓦改变了天空
你回头望见枝头上的鸟它拍翅但不飞
仿佛它是主人你是偶然的客人
欢迎啊它说着人听不懂的话但明显欢迎
你该下定决心离开梯子爬上屋顶了
梯子抛弃了你虽然你离不开梯子
你不想它它也不会想你
现在的问题是在哪一处落脚
从哪一片瓦开始寻找风雨的足迹
这些你从未拥有的瓦都是你的
哪一片叹过气哪一匹松动过
你没有能力辨识只能凭感觉和运气
曾祖父的瓦祖父的瓦父亲的瓦
不同的黑取决于时间而不是光线
没有一片你的瓦你瞬间变老
树上的鸟飞到屋脊上仿佛又要说话
但有什么可说的呢从左或右开始
从上到下拣一遍就是上百年
没有什么可争论的薄的朝上厚的朝下
梯子把你送上来就是为了拣瓦
你在阳瓦中看到山丘在阴瓦中看到河流
你跨越山丘与河流清除枯枝败叶
获得梦一样的梯子你扔不了梯子
梯子让你看见过去更高的天空

那么拣吧一片两片三片四片五六七八九片
不担心谁除掉梯子因为你在做梦
在远方没有一片老瓦的地方
一部梯子看起来是一部梯子
你受了伤叹了一口气还没准备好
爬梯上屋拣瓦何况旧时雨又来了
一次蓄谋已久的突然的改变被抽走了梯子
瓦还在那里乌黑又闪亮

豹变

贪婪的阳光拒绝小寒本意
你不想去红了的落羽杉林中凑热闹
虽然很近跨过红荔路就是却宁愿发呆
圈阅十年诗稿觉得没啥意思
想着如果拒绝一切隐喻象征会怎样
这时候一只豹子从林中蹿出来
你惊诧地跳到了半空中
却得以第一次看见整个林子
众声喧哗的木栈桥变成了秘密小道
你停在树枝上坚信树枝不会断
豹子会爬上来吗如何用美来对抗
然后落地呢只有一个办法
自己也变成豹子

大声说话

八十岁父亲母亲回去了我开始回忆
避免时间的误差而希望记忆准确到分秒

他们来这个城过元宵主要的目的是看孙子
第一次在严厉的冷风中打网球进入半决赛
顺便望一眼海在沙雕前同时举起右手
这是唯一自然创造的动作恢复了盛年
他们以极大信心爬上莲花山俯瞰了这个城
叹息桂花树生病却无意中忽略了高山榕
所有细节都是政治我看见了迟缓的步伐
开始衰减的听力于是我开始大声说话
我带他们去家附近的公园转就为了看花
他们的爱与我心存的敌意渐成正比
天色阴暗洋紫荆不够分明火焰木不够红
而簕杜鹃又毫无诚意地到处张扬
紫花风铃木快落了黄花风铃木刚开第一朵
仿佛永远不正确就像走三千步到了小梅林
枝叶茂盛似翠绿的海却没一朵花
唯一正确或许是将飘落的木棉拼成一个心
他们拥心合影那时我看见阳光穿过林荫
我像风一样幸福哪怕同时像女娲举着石头
我希望来年重来年年重来即使我大声说话
严厉地驳斥着所有的花和所走过的路
但我看见了过去与将来看见了向日葵
在 CBD 高楼层层峰起的叠影中

午后光影

那棵红得发紫的风铃木在年后归来时枝丫光秃
树下我坐过的铁椅上坐着一个老妇注视着面前乳房一样干瘪的湖
她的年轻的宠物狗跑到我身边绕圈嗅着我一时愤怒了
不过半个月光景过个年就像经历了半生半世
我的耻辱来自午后光影有些来历不明

这只公牛会一直跑呀跑

我想那头公牛它疯了

从半坡上冲进油菜花田村民们拿起木棒铁锄
追赶它最后跳进大河泅渡过河消失了

有一天它站在抬头掉落帽子的城市峡谷
染上了金色即使不动但人们依然认为它在跑

是的它真的可以一直跑下去
从人工智能虚拟的油菜花田跑到头版头条

它的速度超过了声音越过月亮飞奔到火星
蹬腿时不再炸碎混凝土与沙石

疯牛一直跑呀跑那么我也跑

第三编

女诗人诗选

蓝蓝

诗人、童话和随笔作家。1967年生于山东烟台,少年时代开始发表作品。迄今出版作品36部,其中诗集21部、散文集6部,童话集5部、文学评论集2部;创作话剧、诗剧、舞剧多部,诗剧与话剧在国内外戏剧节中公演。另出版儿童教育读本2部,主编作品集5部。诗歌被翻译为英、法、德、俄、西班牙、葡萄牙等15种语言,出版英文诗集3部、俄文诗集1部、西班牙语诗集1部。

蓝蓝诗选

野葵花

野葵花到了秋天就要被
砍下头颅。
打她身边走过的人会突然
回来。天色已近黄昏,
她的脸,随夕阳化为
金色的烟尘,
连同整个无边无际的夏天。

穿越谁?穿越荞麦花的天边?
为忧伤所掩盖的旧事,我
替谁又死了一次?

不真实的野葵花。不真实的
歌声。
扎疼我胸膛的秋风的毒刺。

歇晌

午间。村庄慢慢沉入
明亮的深夜。

穿堂风掠过歇晌汉子的脊梁
躺在炕席上的母亲奶着孩子
芬芳的身体与大地平行。

知了叫着。驴子在槽头
甩动尾巴驱赶蚊蝇。

丝瓜架下，一群雏鸡卧在阴影里
间或骨碌着金色的眼珠。

这一切细小的响动——
——世界深沉的寂静。

山楂树

最美的是花。粉红色。
但如果没有低垂的叶簇

它隐藏在荫凉的影子深处
一道暮色里的山谷；

如果没有树枝，浅褐的皮肤
像渴望抓紧泥土；

没有风在它少年碧绿的冲动中
被月光的磁铁吸引；

没有走到树下突然停住的人
他们燃烧在一起的嘴唇——！

真实
——献给石漫滩水库垮坝死难者

死人知道我们的谎言。在清晨
林间的鸟知道风。

果实知道大地之血的灌溉
哭声知道高脚杯的体面。

喉咙间的石头意味着亡灵在场
喝下它！猛兽的车轮需要它的润滑——

碾碎人，以及牙齿企图说出的真实。
世界在盲人脑袋的裂口里扭动

……黑暗从那里来

火车，火车

黄昏把白昼运走。窗口从首都
摇落到华北的沉沉暮色中

……从这里，到这里。

道路击穿大地的白杨林
闪电，会跟随着雷
但我们的嘴已装上安全的消声器。

火车越过田野，这页删掉粗重脚印的纸。
我们晃动。我们也不再用言词
帮助低头的羊群，砖窑的滚滚浓烟。

轮子慢慢滑进黑夜。从这里
到这里。头顶不灭的星星
一直跟随，这场墓地漫长的送行
在我们勇气的狭窄铁轨上延伸

火车。火车。离开报纸的新闻版
驶进乡村木然的冷噤:
一个倒悬在夜空中
垂死之人的看。

我知道

我知道树叶如何瑟瑟发抖。

知道小麦如何拔节。我知道
种子在泥土下挣破厚壳就像
从女人的双腿间生出。

我看到过炊烟袅袅升起,在二郎庙的山脚
树林和庄稼迅速变换着颜色。
山谷的溪水从石滩上流走
淙淙潺潺,水声比夜更辽远。

这一切把我引向对你的无知的痛苦。
我知道。

我的爱是一棵树

我的爱是一棵树,是
一动不动的
旅行者。当它在岁月里
继续奔走
祝福它笔直,高大

幸福地忍受
烈日和暴雨,以及
必然的刀斧。

雪夜

这雪,这异乡在你的故乡里。
旷野上,风吹着它冷冷的巴松管。

不存在的国度才没有牢狱。

谁把你驱赶进雪地的空旷?
谁令脚镣碰撞出火星?

你哆嗦的手里握着一支笔
你的黎明就是汉语的法庭。

你必须独自穿过这一夜大雪
并作为污点证人,赶赴一场美与伦理的审讯。

娜夜

南京大学中文系毕业。曾长期从事新闻媒体工作。著有诗集《火焰与皱纹》《我选择的词语》《起风了》《个人简历》等。获第三届鲁迅文学奖。现居成都。

娜夜诗选

想兰州

想兰州
边走边想
一起写诗的朋友

想我们年轻时的酒量　热血　高原之上
那被时间之光擦亮的：庄重的欢乐
经久不息

痛苦是一只向天空解释着大地的鹰
保持一颗为美忧伤的心

入城的羊群
低矮的灯火

那颗让我写出了生活的黑糖球
想兰州

陪都　借你一段历史问候阳飚人邻
重庆　借你一程风雨问候古马　叶舟
阿信　你在甘南还好吗！

谁在大雾中面朝故乡
谁就披着闪电越走越慢　老泪纵横

弹奏

整个冬天
我重复这两小节

随光的变幻
微妙用力

这世上　有没有什么因我而改变
因为我写的诗

几只麻雀
一地雪

余生在此
弹奏就不孤独

诗多么艰难
两小节和一生

不能这样分配：
白键一节　黑键一节

诗的结束多么艰难
琴键上只需指尖抬起

愤怒　只需双手用力　再用力

读卡夫卡

扉页上　他惊恐的黑眼睛越陷越深
里面有一座精神监狱

一个国家的抑郁史
读书人只能读书

一只甲虫　得到了时间的邀请——
在卡夫卡与恋人的合影上

保持着旁观者的寂静　我叫它：朵拉
它就是卡夫卡的棺木放入墓穴时

拼命往里跳的女人　你想起
一个人的爱　纪念和赞美

比遗忘和诅咒更好　我叫它：因果
它就是石器时代的萤火虫

对人类万家灯火的想象　我叫它：汉字
它就是一首诗的可能和破绽

它给过我们勇气？　我叫它：芸芸众生
人性的　和尚未变成人性的……

偶尔的厌世是一种救赎　我叫它：今天
它就是2017年剩下的最后一个黄昏

母亲

雨水中最亲密的两滴
在各自飘回自己的生活之前
在白发更白的暮色里
母亲站下来
目送我

像大路目送着她的小路

母亲——

幸福

大雪落着　土地幸福
相爱的人走着
道路幸福

一个老人　用谷粒和网
得到了一只鸟
小鸟也幸福

光秃秃的树　光秃秃的
树叶飞成了蝴蝶
花朵变成了果实
光秃秃地
幸福

一个孩子　我看不见他
——还在母亲的身体里
母亲的笑
多幸福

——吹过雪花的风啊
你要把天下的孩子都吹得漂亮些

今日一别

回忆：

哪一个瞬间
预示着眼前

——今日一别　红尘内外

什么是圆满　你的寺院　禅房　素食
我选择的词语：一首诗的意义而非正确

江雾茫茫

靠翅膀起飞的
正在用脚站稳　地球是圆的

没有真相
只有诠释

……仍是两个软弱之人
肉身携带渴望和恐惧　数十年

乃至一生：
凡我们指认的　为之欢欣的　看着看着就散开了

去了哪里
人间也不知道

睡前书

我舍不得睡去
我舍不得这音乐　这摇椅　这荡漾的天光
佛教的蓝
我舍不得一个理想主义者
为之倾身的：虚无
这一阵一阵的微风　并不切实的
吹拂　仿佛杭州

仿佛正午的阿姆斯特丹　这一阵一阵的
恍惚
空
事实上
或者假设的：手——

第二个扣子解成需要　过来人
都懂
不懂的　解不开

没有比书房更好的去处

没有比书房更好的去处

猫咪享受着午睡
我享受着阅读带来的停顿

和书房里渐渐老去的人生

有时候　我也会读一本自己的书
都留在了纸上……

一些光留在了它的阴影里
另一些在它照亮的事物里
纸和笔
陡峭的内心与黎明前的霜……回答的
勇气
——只有这些时刻才是有价值的

我最好的诗篇都来自冬天的北方
最爱的人来自想象

一首诗

它在那儿
它一直在那儿
在诗人没写出它之前 在人类黎明的
第一个早晨

而此刻
它选择了我的笔

它选择了忧郁 为少数人写作
以少
和慢
抵达的我

一首诗能干什么
成为谎言本身?

它放弃了谁
和谁 伟大的
或者即将伟大的 而署上了我——孤零零的
名字

荣荣

本名褚佩荣,1964年出生,祖籍浙江余姚。出版过多部诗集及散文随笔集。现为浙江省作家协会副主席。曾参加《诗刊》社第10届青春诗会。曾获《诗刊》《诗歌月刊》《人民文学》《北京文学》等刊物年度诗歌奖、中国作家出版集团优秀作家贡献奖、首届徐志摩青年诗人奖、第二届中国女性文学奖、刘章诗歌奖、鲁迅文学奖等。

荣荣诗选

水井巷

上午十点的水井巷像一只被阳光转动的万花筒。

"你们女人就喜欢零碎!
小手势,片言只语的温暖,
点滴的记忆或片段。"
现在是满巷子的藏饰。

看上去真的很美!
这是日常里朴素、廉价的部分。
这个外省女子在这里拼凑着
对于西北的理解。

她不喜欢讨价还价,但必须
忍痛割爱。在生活的另一面:
"我喜欢零碎,你就是我绝望的零碎!"

一个半小时

拉拉衣袖,离开工还有
一个半小时。她逐鸟出笼,
将阴凉里的藤蔓搭上墙头。
正午的阳光够酥够浓,
她专心地做这些事,
天性的笨拙不许她心有旁骛。

——那天他看了看表说还有
一个半小时,还能做一件事。
他望她,暖暖的笑不容分辩。
窗外的夜色行进得多么从容,

他小心地剪开一只蚕茧，
她看见了一对安睡的翅膀……

从轻

有一阵他迷上了麻将，
"晚上开会"，他溜出家门。
十三张牌，十三个唯命是从的小弟。
但运气是难以捉摸的飞鸟。

现在他迷上了一个女人，
"老婆，我去搓麻将！"
夜幕在他的脸上拉得严实，
他落落大方，后面跟着偷偷摸摸的小狗。

梦见

我梦见的这个女子是焦虑的，
她急于见某个人，却丢了地址。

"你确定，他也想见你？
你确定，你准备好了吗？"

她提着旧抹布一样斑驳的心，
仿佛提着一生的积蓄。

"我确定。时间不多了。
我想再次被爱，或被抛弃。"

在黄河中下游分界碑

她那么容易地失控。
水总是借势而行,
太多的美却需要束缚。

他并不只想争一日风流,
黄河之水天上来,
在这里也稳不住脚步。

突然就碰到一起了,
突然就分出了彼此,
一些事物便无法掩藏。

之后也许会一马平川,
之后也许仍沃野千里。

出星宿海入渤海,谁为谁一路跌宕?
"你终究是我放不下的黄河!"

晓音

四川西昌市人,大学中文教师。毕业于北京大学作家班。1988年12月创办并主编中国第一份女性诗歌刊物《女子诗报》。已出版诗集、长篇小说多部。现居广东。

晓音诗选

天

天
天有多大
它竟然覆盖了
我所能看到的一切

难道我的目光那么短浅
难道我的目光真的就是那么短浅

过往的行人
你们在朝哪里行进
你们知道天有多大
你们知道，天究竟会有多大

携带沉香的人
伫立在天堂的门外
而我只能与土拨鼠为伍

而，那个高深的天
那个永远乌青着脸的天
那个离我们好远好远的天
那个让我们一生也够不着的天
会让我活得与众不同的聪明和智慧
但是，现在我累了

现在，我站立得太久
我有限的生命
承受不住太多的思想
在一年中最后的日子
有好多比天渺小的事情
迫在眉睫

飞翔的羊皮

黄昏快到了,一只羊行走在空旷的田野上,
山中的寺院钟声响起,汲水的少年
把水扬洒在片片白云下面

天!这是黄昏时飘过眼前的事物
我记忆的正午,一只很像羊的羊穿过我屋前的长廊
那时,灯光暗淡,我的祖母哼唱着上个世纪的情歌
苟合的老狗打着惬意的哈欠

时光错落,我从一道阴影中现出身体
我设想自己能生出一窝水晶般的儿女
不再需要烛火便四处灯光通明
舞蹈、歌唱。在我不大的家园里
门前种树,门后种树
把所有的地方都种上我喜欢的枞树

然后,飞翔的羊皮降临
在那个毛茸茸的世界,里边和外面
容纳了我人生的经验

我会看到透明的狐狸长袖轻舞

我早该这样:低下头来
与黑暗中那些泛着微光的事物说话
这是中年人的生活
用内心包裹着自己的世界
像织茧的蚕
把世界分隔在那边

我会看到透明的狐狸长袖飞舞

我会看见那些隔世的牡丹

盛开在帝国斑驳的墙下

我会用耳朵倾听说话

我会用长于时间的唇舌

接住一颗匆匆滴下的露水

秋天,顺着人的向往如约而至

往事不经意的就会让我们战栗不止

直到春天,万物复苏

在季节的交替中

我反复窥视那些飞短流长的日子

像水中的百合

岁月轻轻滑落

听妈妈讲过去的事情

车从门前驶过

我没有听到一点声音

失聪的孩子在傍晚拣拾落叶

银杏树的枝条

伸向不可触摸的天

这是在月光底下

我从寓所走向大门的路上

一丝风,一颗滑向辽阔的星星

都充满着暗示和引领

我开始把脚步慢了下来

我开始想象,很久很久以前
大片蓝色的天空下面
我的外婆走在罂粟花中
她妩媚的样子……

唉,夜晚的天空
使一切都变得迷离和充满变数
我和您,亲爱的母亲
也会依照时间的顺序
以各种预感不到的方式
作永久的诀别

这就像某个诗人
一片落叶,一缕傍晚的风
都会让她联想起
比死还沉重的问题

夜色撩人

隐匿已久的黄昏
把一些碎片撒在窗台上
光折叠出黑色,黑色里的白色
点缀在远处

那是今晚的月亮
虽然,只是半颗
也足以使北方奔跑的卡车
慢下来

此时,那些头顶蛇皮袋的人
如同背负着房屋移动的蜗牛

他们小心翼翼，连喘气的声音
都变得十分的模糊，以至于
在不算明亮的月光里
和所有的人一样
我对眼前正在发生的事
丧失了最基本的同情和怜悯

桉树叶子哗拉哗拉地响

正午时分
我看见一个人
独自走进桉树林

那时，阳光很好
那个人的背影
隐隐约约的
他每走过一棵桉树

那棵桉树的叶子
都会哗拉哗啦地响

我喊那个人的名字
桉树林都会有
片刻的寂静，阳光
就会把他驻足的那棵桉树镀亮

那个人
仿佛行走在时间的竖琴上
他每移动一步
阳光都会在树叶间
掀起波浪

车过虎门车站

在一年将尽的时候
火车在虎门停了三分钟

三分钟很短
上下火车的人
行色匆匆,一脸的焦虑

我的终点站还远
我有足够的时间
在火车上凭吊一个
被写进教科书的人

他是林则徐
那一年他带着手下
把成吨的鸦片
运到虎门,他让汹涌的海浪
把鸦片卷入大海
他销烟的方法
和我想象的不一样

我以为他是在木柴垛上放一把火
烧掉那些鸦片的
小学老师也是这样讲的
——浓烟和烈焰映红了天空

后来,我见到小学老师
我很想告诉他
林则徐不是用柴火销烟的
但是,我一直没说

因为关于林则徐

还有很多可以说的
比如他上书朝廷
中国不出口茶叶
外国人没有中国茶叶吃
就会暴毙，朝廷不用出一兵一卒

如果，我把这些
告诉用智能手机
给我发抖音段子的小学老师
他肯定会很难受。唉！

这些年以来
每次路过虎门
我都会想起我的小学老师
他讲徐则徐时
慷慨激昂的样子

李成恩

80后诗人、作家、纪录片导演。著有诗集、随笔集、小说集25部，部分作品被译成英、法、德、西、日、蒙、越等语种。曾获得首届屈原诗歌奖、第二届李白诗歌奖、首届海子诗歌奖、第三届"中国当代十大杰出青年诗人"等。

李成恩诗选

有一年深夜回家

踩着月光,像踩着结冰了的白银
发出咔嚓咔嚓的声音,我小心翼翼
尽量不要惊醒了梦中的乡亲

淮北的夜空下就我一个孤单的身影
我背着行囊,像一个远征归来的士兵

狗吠声从城郊传来
像童年的小伙伴在吵架
而笼中鸡转动翅膀
一个身影在街角晃了一下
我知道那是故乡的偷鸡贼

穿过落叶满地的光明大街
再经过电影院、邮局与供销合作社
就到家了,我停下脚步感受此刻的
怦然心跳,心如鼓点敲击故乡的大地

我接着走向家门,站在门口
我并没有急于推门,中年的父亲
还没有睡着,他在轻轻哼唱——
十二月的奇迹在夜里悄悄醒来
十二月的奇迹在夜里悄悄醒来

汴河十五年

汴河是我的镜子
我用它照亮清晨
而夜晚漆黑一片

漆黑的夜里我看见马的瞳孔
里面有一个小女孩欢欣雀跃

白天我生活在镜子里
夜晚我在马的瞳孔里写字

我写下汴河十五年
然后走出了马的瞳孔

升起船帆

我们在半夜升起船帆
仰头寻找北斗星
露水打湿了眼眶

我们坐在船舱
等待风暴的到来
我听到了汴河的心跳
我在河底的乱石
撞击乱石的声音中昏昏入睡

夜鸟与星星坠落河里
大鱼直接飞进了船舱
我是汴河的一个梦
乌黑的脑袋左右晃动

黎明的曙光突然降临
没有任何理由
我从船舱回到了船头
金色的船帆插入天空

我看见北斗星
在我的眼睛里消失

沿着汴河

1988年的河边青草疯长
草叶咬着草叶
甜蜜的露珠挂满了我的眼睛

波浪起伏像妈妈的秀发
我使劲吸着鼻子
我迷上了河流的芬芳

我隐约感觉到世界很大
清晨我出门远行
河流牵引我的心
但在日暮时分
我又沿着汴河走回家

我们围坐在木桌边
吃着热气腾腾的面条
1988年的爸爸
白色衬衫闪闪发光

鱼的歌唱

夏夜河水暴涨
我们兴奋地睡在船舱

等待着鱼的歌唱

白鲢鱼与花鲢鱼的歌唱
一个像孩子一个像老人
一个头小一个头大

它们在汴河里飞翔
白鲢鱼冲入我的梦境
银色的闪电般的速度

我伸出颤抖的小手
却摸到了花鲢鱼腹部
一条坚硬的棱

夏夜我们加入鱼的合唱
月光像鱼鳞撒满了一身

古老的汴河

我只经历了一小段河床演变史
我是众多乱石间最鲜嫩的一块

我有过在河底倾听河水哗哗的时候
现在我躺在干枯的河床
身边的鱼和河蚌只剩下最后一口气

我感觉到生命尽头是漫长的旅程
而我在等待着雨季的到来
时间的河流终究把我带走

夜晚的木船

夜晚的木船像遗弃的孩子
它是那样安静，仿佛什么事
都没有发生，在河床上度过漫长的一夜

我在河岸边徘徊，使劲吸着河流
幽深的气息，沁入心底的味道
我喜欢沉默如婴儿的淤泥
它们在汴河的夜晚显现出来

木船破烂的身体因为淤泥而肃穆
天越来越黑，我试探着踏上木船
那一刻我心跳加速，我感觉到了
淤泥光滑细腻的灵魂轻轻颤抖

生于汴河

生于汴河必返回来
生于汴河必喃喃自语
像鳜鱼深爱自己的故乡

我张开嘴唇
只要我张开嘴唇
梅鲚和小麦穗鱼
就游进我体内

这是故乡给予我的生命
也是故乡给予我的本能

知更鸟告诉我的消息

知更鸟告诉我的消息
快点快点
快点去河边迎接水手
他满身疲惫回到了家乡

风暴已经过去
划破的伤口已经愈合
水手拖着木船和渔网

知更鸟飞旋在头顶
我们跟随在他身后
他的脚步很快
肩上的渔网像他的翅膀

知更鸟告诉我的消息
别哭别哭
风暴吹走了男人的眼泪
但水手见到妈妈的那一刻
他还是像个孩子一样哭了

花鲢

我性情温和,我注视着你
你是一根轻轻飘荡的水草
我游过去将你吃掉

我行动迟缓,像放弃了生长
但我会一直生长,一直长到
像一个一米高的小孩

我漂亮的暗褐色的外表
与河流融为一体
没有人发现我悄悄生长

我要成为历史上
最大的那条食藻鱼
当人们看到我的时候
一齐发出惊呼——
一条小孩一样高的鱼

第四编

批评家诗选

唐晓渡

1954年出生，先后供职于《诗刊》社、作家出版社。现为中国诗歌学会副会长、北京大学中国诗歌研究院研究员、《当代国际诗坛》主编。著有诗论、诗歌随笔集十数种，译有捷克作家米兰·昆德拉的文论集《小说的艺术》等，主编或编选各种诗选数十种。先后参与创办民间诗刊《幸存者》《现代汉诗》。

唐晓渡诗选

哀歌

1
掠过烈日下萎靡的街树
掠过树荫下闪闪烁烁的人群
痛。只有痛。我的痛
如同惊慌失措的警笛
一路发出尖利的啸音
大道如青天，怎么会突然翻脸！
翻脸的大道沉下去，就成了井
一口深不可测的枯井。井口那么小
比针眼还小
只有我能看得清

而井下是广大无边的黑暗
乌鸦的翅膀重重叠叠，切割着我们的望眼
湿漉漉的井壁生满苔藓如同失声的喉咙
痛！只有痛！我唯有以被巨石镇住的痛
和你一起摸索着向上攀援
"宝石蓝的……夜空下……
……夹道的响杨在歌唱……"
唱不出的歌像碎了一地的瓶胆
像我止也止不住的寒颤
"手！手！你的手在哪里？"
黑漆漆的沉默咬紧了我们的牙关

转眼间世界就变得面目全非
哪来的这口六月里结冰的井啊，天！

2
绿巨人固执地向南方伸着手掌
花蝴蝶缠绵的藤蔓透着凄凉

富贵竹从瓶口探出发蓝的腰肢
吊兰低垂,像突然遭逢了冬日的严霜
我无法触及它们生命的内部
就像无法忍受绿色背后刺来的哀伤
康乃馨,康乃馨
康平而温馨的素净天使啊
你到底会给我们带来什么
让我看一看你藏在身后的翅膀

筷子在筷笼里呆呆的
红烛在烛台上呆呆的
书橱里的书呆呆的
酒柜里的酒呆呆的
水壶、冰箱、洗衣机
古剑、风铃、鹦鹉螺
你触摸过的一切全都呆呆的
呆呆地等着你的手
像一支乐队呆呆地等着指挥的魔棒

我无法聚拢它们同样被震碎的灵魂
却一再被它们的呼吸和体温灼伤
我只能恳请它们安静些,再安静些
只能和它们一起
呆呆地、呆呆地
呆呆地盯着命运的天平摆荡
旋转的天平,呼啸的天平啊
你到底将倾向,倾向哪一方?

3
白窗帘,白纱布,白床单
在病房中漂洗,盛夏的阳光也变得黯淡
你静静地躺在百合的馨香中
世界如海潮退去,四周一片白沙滩

百合的清辉让你变得稚嫩
布莱曼把病床幻作一只摇篮
是谁在时间的河流里放漂如此贵重的礼物
我的女摩西呵，为什么是你来到我的身边？

最柔软的心田会长出最丰饶的金子
两粒燧火聚拢满天星斗的缱绻
"不要说开始了一个新世纪，不要！"
"一千年也肯定不够，是的，一千年！"

一千年鲜亮喷薄的唇线
一千年万顷云旷的眉眼
你的颧骨要再低些会更好
可那样天空怎能忍得住它的碧蓝

一朵玫瑰怎样区别于千朵万朵
一瓢清饮凭什么胜过弱水三千
没有谁说你漂亮，但谁也不及你漂亮
温润、清整、娴雅，竹枝上的一匹素练

无数次，想象你在晨光中慵倦地醒转
小荷尖尖，漾开满池碧水涟涟
月亮又圆了。载沉载浮的月亮啊
假如不是因为你，她为什么要圆？

4
九炷香全都献给你，冥冥中的神灵
请接受我平生第一次微薄的礼敬
你知道我从来怀疑那些逢佛必拜的香客
怀疑他们把取媚错当成虔诚
我劳作，那是忠实你的唯一方式
我远游，那是亲近你的不二法门

我随身携带着炼狱幽蓝的火焰
——那是你最大的慈悲
允诺我自我救赎渺小的灵魂

九炷香全都献给你们,冥冥中的神灵
请原谅我不得已叫出了你们的英名
你们的法眼必已看出我为什么如此软弱
她和我本是同一条命,怀着同一颗心
她的劫难就是我的苦海
她的福分就是我的慧根
一介书生,许不了什么宏愿
高飞的鸟儿为证:我默念的每一个字
都将化作辽远的赞美钟声

九炷香全都献给你,冥冥中的神灵
请宽恕那些麻木不仁的恶行
蔑视生命者源于对自身的蔑视
制造苦难者从来就是苦难的祭品
他们也有父母、爱侣和孩子
心中也藏着烛火和泪光交织的亲情
以正义之名我曾诅咒所有冷酷的面具
现在我收回——如果惩劫不可避免
那就罚他们来世重新做人!

5
不——不不!
不要拿走我的爱!
不——要——拿——走——我——的——爱!

不要再毁坏我的——
我的早已是哀鸿遍野的世界

不要拿走我的女人!

不要让这万家灯火
成为我的伤心之城!

不要拿走那孩子的母亲!
不要让没有母亲的孩子
成为天边的又一颗
孤零零的寒星

不要拿走我们的彩虹
不要让这么多双——
这么多双托住彩虹的手
突然僵在半空!

主啊,我的主啊
你真的忍心?
你真忍心!

不——

6
三十八枝百合一路开过忘川
九十九朵玫瑰在天际时隐时现
衔露疾飞的白玫瑰呵
你们可认得准
地平线上的那叶孤帆

三十八枝百合一路开过忘川
九十九朵玫瑰伴你愈行愈远
比远还远。远到更远时
你就会从另一个方向
重新回到我身边

洁白的连衣裙,青青的草地

半是春风,半是秋阳的笑意
我从未体验过如此巨大的孤寂
孤寂得只听到震耳欲聋的心跳
孤寂得连心跳都显得多余

一切都活在时间里
但时间又活在哪里
鸟儿跃离枝头,空气震颤不已
我的记忆,是遗忘洪水中
越陷越深的旋涡的记忆

你曾把爱大写在沙滩上
这究竟是一个错误,还是一次神启?
午夜的荒凉吸引着大海的波涛
太阳升起来。我将试着
在一个没有你的世界上,活下去……

甲午立冬怀陈超

当年我给你读一首已经发黄的诗,
寒风在窗外撮着尖厉的嘴唇。

我读:绿叶飘零。它们飘零。
一片跟着一片,它们飘零……

你叹息复摇头:"这意象和节奏
让我看见风中的刀,有点儿残忍!"

那时我们都还足够年轻,
如同这园子里大片次生的银杏。

我喜欢银杏。尤喜秋意渐深时
它们在阳光下忍着金黄慢慢透出的宁静。

"宁静即辉煌。瞧这些叶子,多好。
一种必要的幻觉……只是别起风。"

几天前对妻子说这些时并没有想到你,
更没想到刀未必隐于风,而霹雳也可以炸于响晴。

起过风吗?记忆比红色预警的霾还要阴。
但今天天气确实好,好到我不得不自认

已是一个老人,搞不懂所有的银杏叶为什么会漏夜落尽?
枝头秋阳那么亮,身上却这样冷!

立冬。陈超离世一周。

谁在深呼吸

1
必须有一座山,
才托得起那个少女静修的痴迷;
必须有一条江,
才挽得住这片大地幽暗的心事;
必须有无数水晶的剖面,
才能聚焦一万年前的那粒稻种;
必须有一眼通天的灵泉,
才配与月亮一起
书写这座城市的传奇。

必须打破这过于整饬的句式，
才网得住那些飘散如柳絮的意绪；
必须等你们统统关灯睡觉，
我才敢仰望星空憋着气问：
如此舒缓，如此悠长，
那冥冥中一直在深呼吸的，
到底是谁？

2
曾在拙政园与一个巨大的树瘤偶逢，
它居然一把攫住了我的双瞳。
八百岁老楸暴突的独眼，
往里陷……一个缓缓旋转的黑洞。
腐殖质的沧桑化合了太多的时间和骨血，
似有热力汹涌，再看却无动于衷。

惊恐加敬畏，一股凉气
从骨髓深处陡然升起；
一根隐身的大铁钉透空而下，
把我牢牢地扎在原地……

这是哪一年的事情？
又是哪一位朋友的声音，
让人形标本的耳孔里
重新灌满喧嚣的蝉鸣？
"深呼吸……对，深呼吸
深深的呼吸使人镇定。"

3
就此我迷上这一盈一虚间的游戏，
是的，循环往复，亦盈亦虚。
然后山还是山，水还是水，
此人即彼人，末世也是创世纪。

星河浩渺，万物并作，无非是
同一种能量的生生不息。

所有的说教者当受火刑。
而我只想问：
那一直在深呼吸的，到底是谁？
噢，又一只与我默默对视的独眼。
噢，又一种盘结了八百年的心事。
举头望明月，低眉求灵犀。
我知道永远镇定不过脚下的泉水，
只好背转身
轻轻拍打心口蠢动的诗句。

访韩诗笺（选二）

静默阿里郎

白衣昭昭的阿里郎。
长袖飘飘的阿里郎。
红云驻停的阿里郎。
紫气摇曳的阿里郎。
本调或新调、原声或美声，
独唱或合唱的阿里郎啊，
我的郎君，我离娘。

是人名还是地名有什么关系，阿里郎。
版本七八十才更见真章，阿里郎。
旌善、珍岛、密阳的阿里郎，
庆尚道、江原道的阿里郎……
全都是泪光闪闪的阿里郎啊，

我的郎君，我离娘！

迎着初升的太阳唱，阿里郎。
追着黯淡的背影唱，阿里郎。
对着滴血的刺刀唱，阿里郎。
围着跳跃的篝火唱，阿里郎。
把漫漫长夜唱成满天星斗，
把锯齿分界唱成浩瀚大洋，
把重重哨卡唱成阳关三叠，
把苦难心曲唱成大道沧桑。
唱不尽人间的爱恨情仇啊，
我的郎君，我离娘。

把你们唱成我们；
把异乡唱成故乡；
把地图上找不到的慈悲岭，
唱成万古奔流的大同江；
把骨肉分离的世代愁怨，
唱成南北永恒回归的热望。
所有聋掉的耳朵，现在请起立。
所有没忍住的泪水，现在请回到眼眶。
现在，让我们一起聆听静默，
此刻，静默才更是阿里郎啊，
我的郎君，我离娘。

一次止于腹稿的发言

女士们，先生们，晚上好，
但黄东奎会长说的才叫好。
少谈论道德，多探讨责任，
虽不必源于亚里士多德，却也让
《尼格马可伦理学》焕发出了新意。
而亚氏的尊师，也不妨请来站台，

不错，我说的是柏拉图，他曾宣称
要把诗人们逐出"理想国"；但我猜
其本意无非是强调诗人们自成一体：不是
另一种人类，而是别有使命——为
理想的人类生活筑基。一个
真正的共和国，或它的原型，
即便永远隐身，也不可
须臾缺失。我知道，如此执念
很像是在推销一个乌托邦，或
一个笑话，其本质或许只是
被放大的自恋，但假如自恋
同时也能强化某种责任，为什么不？我是说
为什么不把一切的诗人聚会，都视为
那隐身共和国倏忽现身
留下的地址？是的，它没有也无须首都，没有
也无须设计任何旗帜，因为和平
就是她当然的首都和旗帜，尽管
远不是所有人都能意识到，追求和平
比追求战争需要更大的勇气。我听说
隔一天我们要去临津阁，三八线以南
一个著名的旅游胜地，一场为和平祈祷的仪式
正等着三国的诗人们。我愿意祈祷，但不得不说
祈祷，永远是一件有待学习的事，至少
在我是如此：舌头总是打结，是因为
再怎么默念，都显得过于轻易；更何况
一不小心，祷词就会陷入谶语。少时我曾
读过一首诗，《公无渡河》，又名《箜篌引》，
最早见于东汉蔡邕的《琴操》，短短四句，
说不出的凄迷：公无渡河，公竟渡河，
堕河而死，将奈公何！少时我更多寻思的是
那疯癫老人何以疯癫？何以悍不畏死？
而现在，我更想知道，目睹了那悲惨一幕的
霍里子高，一个摆渡人，以及他作曲的妻子，

在无奈的哀叹中,怀着怎样的心思?
故事久远,类似的情境,两千年来
却一演再演。哀叹复哀叹,绵绵叠叠,令
青史失血,箜篌羞愧遁迹,更遑论
那些被压扁的祷词!但祷词
就这么扁下去吗?去年在北京,曾有人
向我推荐他朋友的箜篌工作室,听他一边
演绎这神器和凤凰的关系,一边感慨
我们正身处盛世,我唯有微笑,不知怎么
就听见有人在耳边叹息。据"百度",
临津阁向北,就是古时的乐浪郡;只不知
那小小的渡口是否还在?霍里子高的灵魂
是否远去?真想前往探访啊,只可惜,
只可惜……但是打住,我恐怕已扯得
太远,好在,还没有远过亚里士多德;而
由此右拐五十米,应该就能碰到
黄会长的警示,照我看,那才事关
诗人在世的真谛。以上发言
谨遵朴宰雨先生所嘱,至于是否算
韩国诗人协会周年纪念的贺词,当
以他说的为准。

透明性

一棵树长在那里。一只鸟匆匆掠过。
我看见。我说出。然后归于沉默。

无可争辩,也就谈不到透明。

你打来一桶水,水质浑浊,
大把的明矾撒下去,搅动,

倒映的天空，载不动鱼群的身影。

一双空空妙手，就能把玻璃变成洗耳泉？
唉，透明透明，多少公然的谎言假汝之名。

落地窗上，赫然一只肥硕的苍蝇。

沈奇

1951年出生。著有《沈奇诗选》、《沈奇诗学论集》（三卷）、《沈奇诗文选集》（七卷）、《庖丁解词》（诗随笔）等18种，主编《西方诗论精华》《现代小诗300首》《九十年代台湾诗选》《当代新诗话》等8种。

沈奇诗选

大漠

大漠孤烟直

直
烟
孤
漠
大

一沙独白
一世间的天籁
无适无莫

连苍狼的目光也温柔了啊

天地清旷
一鸟若印

敦煌

在这里，躺下
成为一个孩子
或站直，充当
自个儿的上帝！

尝试着说出
痛苦的秘密
与内心的蔑视
再矫情半会
仿独孤老狼

仰首回望
依稀梦中流星雨

敦兮
煌兮

孤影横绝
校正弱者的
深呼吸……

光阴

一唱雄鸡
天
下
白

时间开始了——

儒过 释过
道法自然过

总是新桃换旧符
朝露换朝珠
而神不再说话

行到水穷处
唯见机器人

风流

旷世风流——
"后现代"之后
谁的手将远方的海
煮成"八宝粥"?

花间一壶酒
酒是勾兑的假酒
花是塑料花
愁是真愁

唯留梦在上游——
返乡的路转身即就

安的种子
静的阳光
春日桑柔
谁与携手?

出魔

千红争荣
浮华大派送

时代巨影如树
谁还眷顾
一脉向下生长的
郁郁老根?

平白无故里

山色有无中

亦真
亦幻

听松问明月
石叩清泉
古意南柯一梦

冷梅

对寒冷的敏感
早已深入骨髓
不能再等呵！

火焰之英
初雪之魂
一花一个拼命

……叶、落红
以及沉默的根
都是后来的事了

仿宋

怎一个暮春时节
繁华次第落尽

桃花自忖

反正要亡
索性烂漫到极致

显见是瘦下去了
这结局早已命定

尔后
尔后
且看一地残红

陈亚平

诗人,内空间意识哲学创始人。著有《内空间意识哲学导论》《文学过程学体系》等多部。主编《新世纪中国后先锋文学编年史》《中国学者新世纪学术前沿理论选集》。

陈亚平诗选

写作的孤独

我每天,不是在很多人中间
而是关在自己房间
隐形在文字里面,单独会面
忘记了时间的那一天,这里面
有戏剧性的起伏,不对等,有自由
让我不想做什么,就可以不做
这是来自,另一个世界的毫不相关

除了生死之门以外,一切的门都关上
在这里面,日日夜夜多少天
我看到文字,面带红润
同时又暗含眼泪
囚禁在另一个时间的囚徒
互相印证,目击,又血液一样流动

那填满我身上每一个缝隙
字面外的时代,在我眼睛里
什么都不是,变成是一切
和今天一样,有时在矛盾中净化
该怎样有,就怎样由它决定

想念

你不在,我也要在梦中等你
等你从阿拉斯加,接着和我
柏拉图式的见面,散步,跳舞
可是,你怎么也不会留在这儿了
这是你我归宿,共同存在的残缺
这时,我只想把我换成:

我是你意义上的我

除了疫情闪念触发的担心
想象你胖了或白了，披发遮住脸
也许命运之轮的起伏颠簸
让埋在心底的你我，更变意外
变得不测，变得不敢猜

也许还像从前，你我在办公室
压低嗓音，踱来踱去闲聊诗歌
不是为你我，心有灵犀的合意
只是我为了你，眼睛灼灼有光
牵挂像裂骨一样刺痛
注定要碰到的，永远都没结果

给女儿

我一直以来都知道，秋天
我没有持久走下去的婚姻
会是你今生的不幸，这个世上
命运随时可以中止的契约
开始就错了的生活，谁又料到

我一生值得愧对的，只有你
我害得你，在书堆中孤坐，早早觉醒
因为有刺，就放弃玫瑰
我没有勇气拦住，你成为你
上天的启示那样
放弃对青春的期望
你可知道，你已经内属于我的孤独
让我不安的是，你把心用在

怎样和我一起变老

汉语

我相信，汉语会刺激血肉和神经
向我身上，各个方向舒展
组成不同氛围、不同境地的诗意
但汉语背后的诗意，在突起中的转慢
合成中的渐弱，从来不一样
诗意也需要，意外的巧合
阅读中的不可直译

我喜欢一首诗，消失在汉语背后
从律和韵，比音乐更复杂的跳音中
来捕捉它惊现的图画
那暗痕印的光点
微显弯曲的布局，偏窄或透气
有时，可以看到，身在其中的行进
来回起伏的下滑
在歌唱的落叶的拐角
表达霎那之变的无形

博尔赫斯

很多年后，记忆中还有你诗歌的气息。
印象中，你哲学风格的眼光是最难猜的
像无声的脚印，总在我诗中来回踱步。
我感觉，你不会从一个理想化的角度看写作
更不会从别人对你的评价中，得到帮助

就像你，没有什么保留的和有节制的叙述
或故意去突出留给读者的印象。
对于诗，你要么以英国式的内敛去发挥
要么任由一些词在游戏中荒废
当成指望与别人分享的快乐

记得有时候，你会把写作当成一个中途停留站
比方说，不写作，自己就没法对付疲惫。
为这，把更多的解释排除在外
成为回忆和感知的终点。有时候
你又会有意为朋友，去写身边的世界。
就像你喜欢低头琢磨偶遇的梦
更能想象的理解中，得到奇异。
按你的风格，诗有始终不解的秘密
平淡的语言，更让诗的感觉毫不平凡。
让我在一个奇迹似的好机会中把你变成惠特曼。

斯蒂文森

他对诗的看法不是以前听过的那样
感受语言背后意外的冲击，是他罕见的信条
他站起身，原地转一个圈
想起自己虚构题材的惯例
就像想象中，误导他的巨大错觉
他庆幸，博尔赫斯赞美他的写法
就某方面看，诗歌反而接近对话
把很多构架和情节讲出来
让口风的意涵，超越了原先的预期
没有必要去找任何因由

飞机凄厉回响的天边，他惊讶

写作和生活既相同又有交错

像在诗中试过,用反讽的角度来超越

任何一个解释的局限

矛盾的是,想写而写好的东西极少

一笔带过的原意,有想不到的变化

他绕过昏暗走廊,联想玻璃、镜子

偶尔在心里机械地接受

单独拿诗和隐喻来比

有意贴近的出奇,何必还要常规?

感受诗,就像感受有的无

燎原

我和他巧遇在一片沙漠坐落的小城

他的笑声,连着连绵感的空阔

给了我基调明快的印象

我们在诗一样麇集的座谈间隙,话题反常

从地缘文化的无穷大

跳跃到片段评价中的地缘诗派

陪伴了我和他多年通信的遥远寄托

像写的诗稿,这个还原现实的小插曲

天空的地图和背景,朝西北方慢慢后退

那种铁质的荒旷,夕辉沁出的疾风

让我们的偶遇,像一个短剧,同时又像冥想曲

文学跟随生活的脚步,远了再远

命运之轮闪电一样的转动

我还在用诗的方式,留着当年巨豚突起的记忆

仿佛一切都预先为它存在

最后的春天,你带着时代路上诗化了的

可代替一切内心最深底的支柱
是《海子评传》，这团延烧激情印迹的燎原之火

黄毅

你和我一样，生活已回到诗的时代
诗歌和散文结合在一起的眼神
让我们谈到的艺术，在落日中显得格外空灵
在诗的状态下生活，比存在的感知更真实
看云中的天山，淡了又浓
你把插进的话题转移，试图在是与不是之间
像米沃什一样追求哑谜，但只是偶尔的

我们用越来越折中的口吻，破解诗的谜团
吐一口痰，琢磨的隐喻藏着转喻
托木尔峰的黄昏，变成一个金面具的偶像
写作变化无常，我们相信写作催熟机遇的作用
迎着乌鲁木齐的夜幕
又聊起克拉玛依诗人，像连着天边的民歌
是的，因写作而生活，就像因生活而写作
我们在时有时无的迷雾中坐着沉思
两次以笑话的形式对侃，为诗预先付出不料的代价
也算是人生对我们的公平

读书

我读书喜欢十分吃惊的枝节
它们从字面上，改变了僵死的角度
这等于，把延长了的、周密的留意点

看成是有生命的一幅画
我触摸分岔的筋脉，嗅闻它的气息
总是有，动和静之间的起伏
就像多次跨过时间之流
等稍远的声浪，有规律地拍打，迎向我

带磁力的人物，也是我偏爱的赫拉克利特之河
每一个跳读，总是有戏剧性的一变
换个时候，又成为轻松，失控似的飘忽
试想怎样，对每个人性心灵
最深的咀嚼，让我更有吞食力
超出事先最最费解的推敲
思想活在脑海，无形又有形

第五编

长诗和组诗

雷平阳

诗人,云南昭通人,从事诗歌、散文写作,出版作品集多部。曾获鲁迅文学奖、人民文学奖等多种奖项。现居昆明。

雷平阳诗选

夜伐与虚构

一

我们原本不在这儿作息。
世界另有其哀沉的心脏,废墟中由一根床柱死死
压着。废墟的废墟可以追溯到造物主那双
木匠之手。
心脏的心脏则是同一坨肉。

祖父是个山水间针对性极强的小贩。
意即在规定的路线上,一个终身与负载物
谈论轻与空的游方僧。他的重中
之重:山河的庙墙高抵穹苍,但他不得入其门

躬身移至莲花座前。

信仰没有现实主义作依靠。临终忆旧,反复强调
——挑着一担沉重的盐巴,跟在军阀贩运鸦片的
长枪队背后:"我就像躲在枪管里,没有土匪
敢朝盐巴上撒尿。"一如慧能

混迹在猎人队中证悟和避祸,自己其实
也是猎物,灵魂关进猎人的箭囊。

万念归于一念:穷途之上不能戴着猎物的面具。

二

后来:战争打了很多年(现在也没停下)。
能被叫着"祖父"的人——尽管同样被
另外的子弹一次次撂倒——那得蒙受多大的恩宠
才能得到这个名分。如同拣选。

种上庄稼或未曾开垦的沃土，被打死的祖父数量惊人。
他们还是愣头青，没有结婚，搂着纸扎的新娘，
长眠于斯。儿孙的数量不比我们少多少，
但遇上火焰，他们就忍不住凑上来点燃自己的脑袋。

化成沙。凝固成蚂蚁。臭虫。蚕蛹。蛇。
就像是一群人走进画中，画被烧毁后，
除了灰烬，还从火焰里跳出来许多我们熟知的生灵。

人与其他生灵之间形成对称，彼此调换角色
不是一件难事，前提是死亡一直被辜负，
而死者保持了语言上的沉默。

再后来：祖父——真实的祖父从四川泸州开始
向着南方跑，平时是走，这一次是跑。
丢掉团箩、扁担、花椒和棉裤，提着防身用的尖刀，
样子像一个追杀乌鸦的青年道士。道路的四面八方
战场上飞来具体的人体器官，并无完整的某个人。

幸运的是，他听见了迦陵鸟的鸣叫。

乌蒙山气息与天空相通，
隐居云朵之上，一只迦陵鸟的妙音如同一个婴儿，
两个婴儿，三个婴儿……不断诞生。

他跑到家，父亲正好出世。现实中的一曲高空幻乐，
落到地上即是初啼的生命，让人只能相信奇迹的存在。
以及无的不存在。

三

光照要充足。用水得清亮。

靠近大路。距古老的聚落不能太远,但和新生的墓园
不可离得太近。无人指引风水,这四条
就是选择宅基地的四项法则。

买几十根原木作楼枕和房梁开支不菲。去石匠村
预订规整的条石作屋基,讲价钱时用尖刀
指着对方的鼻子算账,石匠抓起铁锤就想把他砸死。
取黏性土拓土基掺入了一个年头的稻草,
烧制青瓦他是用黄豆和玉米去抵换。

然后才是用石灰在地面画出房子宿命而又
简单的平面图。

——像木匠制作木舌榫揳入木孔,石匠把石头
凿出凹槽和凸埂让分离的众石扣在一块儿,
祖父把前期事项准备到位,仿佛组建房屋的各种材料,
在开工之前曾经虚构过一座房子,现在终于

来到非虚构的现场:让匠人们准确无误地把自己
放入这座房子的真实部位。

几天时间后,祖父的房子像疯狂但又资质平庸的
雕塑家用劣质材料为自己所塑的雕像,突然
出现在异乡人闻所未闻的一条河流的此岸。

他率领的青石、松木、土坯、青瓦,
没有一样可以用来隐喻不朽。
除了他内心认定的那份不朽。如同泡桐制作的供桌!

四

不远处:爬到柏树冠顶上看月亮的人
他们找到了飞升者成仙的道路,像一只只仙鹤,

扇动的翅膀把冰川一样的月光切割成雪花。
河岸上远征的枯草灰白。
水流灰白。

一片废墟曾经是一个个单独的个体，它们
或许是因为某个相同的原因统一倒掉。
——屋梁腐朽的速度惊人地相似——
幽灵的瞳孔在装满恐惧的戏剧情节之后再也无法关闭。
但也不是为了观看坐在枯井中看月亮的
现在的孤儿。

世界的孤儿。
他们叫喊："月亮升起来了！"疑似真有那么一支在暗光中
倒立着挺进的大军，头颅将地面撞击出星宿一样的深坑。
月亮的亏盈是他们判断善恶和脱离时间轨道的理由。
如同我们用过时的理论教育孩子，
并喜欢上了孩子饮用狼奶时发出的嗥叫。

不远处：夜晚的庙会刚刚启幕，
待售的物资堆积如山但又因为违背庙宇的清规而被
紧急封存。以待下一个失序的庙会。以待
下一个夜或夜一样的空间。

五

煤油灯顶多照亮三张脸，火塘的光则更像
真理，绛红、幽暗，在膝下顽固地带来温度，
从不摇曳、熄灭。

父亲小时候，所有的夜晚，因为乱世而确保父亲
尽收眼底：他在饭桌点了一盏灯，又在身边墙上
挂了一盏。土布青衫，衣领和袖口先破，接下来
才是肘部和面襟。赤手，黑脸上不时黏附着

细如星光的汗滴。坐在草墩上,只有双手在动,
腰统领着双肩、脖子、脑袋和面积巨大的背脊版块,
频繁前压又迅速退回。不时从旁边的簸箕中抓一把什么,
撒进胸前的木盆,或伸手去抓木瓢,舀水后,
又将木瓢放回水桶,发出沉闷和清脆混合的怪响。

他不再是挑夫,他在做酱:炒熟、磨面、捏团、
发酵、晒干、去除霉毛、粉碎,整道工序之后的黄豆,
已经面目全非,身份隐晦。堆在木盆里,
得由他用他的标准,按量加入川盐,加入辣椒、花椒
八角、茴香、草果、芝麻等等散发浓烈气味的粉末,
最后用水将它们拌匀,成为棕红色的一大团黏糊糊的
糨糊。途中他不时用指尖挑一小坨递给舌头,
摇头品咂,发出巴哒巴哒或嗞嗞的唇音,
又多加入点什么,反复权衡量度、配伍和滋味。

默认后,这才用手大坨大坨地将它们从盆中抠起,
啪啪啪地拍入瓦缸,摆放到屋外空地上,日晒,
氧化,夜浸,直到——
此物激变成他物,众物剧变成一物。

新酱移至瓦缸内,
祖父会在顶上摊放一张阔大的白菜叶。

祖母的形象多少有点含混,火塘向上的光照中,她好像是
一张墙壁上贴着的女人画像,突然动了,敞开衣襟,
把双乳垂下人世,哺育孩子。

六

河水放下一块石碑。被苔藓紧裹着的文字
保留着錾碑人表里如一的傲慢。字在,
事情就还在,社戏中戏子就有理由敞开喉咙

一声断喝——这个戏我要
一唱再唱——"把清风当成敌人的人,
他们躲在戏台后面,命令戏子以舞蹈
或者大合唱的方式,和清风激战!"

碑文与戏文并无区别。什么事情
都很难分辨其现在和历史的面目。而且时光
能从文字中间退回去,古老的錾碑人则可以
从其他石头内破壁而出。
无论是出现在此时,还是出现在将来。

甚至出现在祖父的酱缸内。

七

父亲吃着画中女人的奶渐渐长大。有一天,他让祖父
用肩头扛着他走近一棵白杨,双手抓住树枝,
向上一撑,一提,双脚先是踏着祖父双肩,
继而去到两个树杈上。

身体一轻,一个人已经
从祖父的体内笔直地向上抽身而出。
祖父站在树脚,如同一套吸饱树脂后变得硬邦邦的
旧外套:油腻腻的,空掉,直挺挺地站在那儿,
等候捣毁了乌鸦巢的新主人尽快下来。

四周乌鸦巢散落的枯枝、粪粒、草筋、羽毛,
他想用它们重搭一个乌鸦巢,但没有动手。

逆风之鸟,其本意并非为了反向飞翔,是去上空,
扒开自己的羽毛寻找身体。身体还在,
才会凌空于现在上边,练习平衡遗忘与向往的法术。

像钢管舞女郎在膨胀的隐形钢管上上下翻飞。

八

祖母的记忆之缸，装了一次她没有参与，但又
通过她的想象得以完美无缺的旅行：某年早春，
某个黄道吉日，不对，是三月三日，
元宵节后的第一天。鸡刚开始叫鸣，兜底寺的钟声
还没敲响。祖父先起床，喊醒父亲，接过她递来的披毡
和干粮，打个卷，套在扁担上，一人挑起两缸酱，出了家。

去四川还是贵州？都不是。昆明。
老人只想带少年去省城，
见识世道。一阵黑风把敞开的两扇木门哐的一声
关得死死的——比人的动作更利索。

第一天，他们不是修路者，而是走路者，两人都跑得快，
晚上睡在磐石上。第二天，少年
跑在前头，竹扁担一沉一起，弹性十足，
晚上他们在一棵核桃树下的磐石上睡觉，身边生了一堆野火。
第三天，他们开始爬山，少年爬到山顶，
老人还在山腰。他们预先有过约定：谁也
不许回头找人，做一个守候的人比什么都重要。
晚上，他们住在房子那么大的磐石下，月亮
就在脚那头，少年靠着石壁呼呼大睡，
老人听见磐石之外的狼嚎。第四天，山中
起了大雾，就像是天上撒面粉，下坡路，爷儿俩
走上一段，马上站着不动，又走，又不动，
松树林里有翅膀声，有另外的挑夫迷路走散，
乱喊着人名。晚上，他们坐在路边的磐石上，靠着酱缸
"眯了一会儿"，似乎有人从身边提灯走过。
第五天，顺江往上游走，碰上几个非常友善的土匪，
不要他们的酱，还送他们鹌鹑和烧酒。晚上

老人喝醉了，他们住在土匪窝掏空的一块
磐石内，匪首是个女人，拉少年的手去擦她的泪水。
第六天，老人跑到了少年前头，雪山皑皑
遇上一小股形迹神秘的军队，领头人还把一本书
送给了少年。晚上，他们和几十个挑夫
挤在一间客马店里，臭味、鼾声、噩梦中的尖叫，
少年靠着墙角的磐石，整夜想着上一个夜晚。第七天，
他们头顶烈日，新的烈日，旧的烈日，高的烈日，
低的烈日，鸟儿的烈日，马的烈日，柏树的烈日，
真假难分的烈日，上坡下坡，老人几次
坐在路边，抽着烟袋，眯缝着小眼等待他的儿子。晚上，
他们睡在磐石后的草垛中。第八天，又见一支军队，
喊着口号，从他们身边风一样跑过。少年第一回
冲着老人怒吼，咒骂昆明是"一坨屎"。
"走吧！"在两边满是野桃花的官道上，
老人嘴里就吐出这两个字。晚上，
他们住在建在磐石上的村庄，几个女兵在瀑布下
给村民唱歌。第九天，老人生了善心，
他们留在那个村，卖掉了一缸酱。两个人去了饭馆，
一张沉重的石头餐桌被他们举过了头顶。晚上，
住在磐石边的小旅馆，少年睡床，老人
睡在地下。第十天，少年把一缸酱分到
两个缸里，经过大而可怕的旷野，别人的境界，
他在前面走，脚步是跳跃式的，频频转身，
朝着老人大声喊叫："嗨，您能追上我吗？"
晚上，他们到一户猎人家投宿，少年第一次
摸着了火药枪、吃到了老虎肉。晚上，
住在猎户的柴房，磐石上挂着的老虎皮又腥又臭。
老人告诉少年：到没有其他客人的地方做客，
我们都被当成了上宾，这不是生活的真相，
也许那头被猎杀的老虎才应该坐在
餐桌的主位上，我们其实是两只羔羊，一直坐在末位。
第十一天，上路就遇到一支空载的马帮，也去昆明，

把他们的酱缸搬上马驮子,他们一路跟在后面跑。

赶马人说——悍匪用阵亡者的遗体熬制枪油。

中午他们走进了昆明城,漫长的旅途完成了一半。
前往正义坊的途中,一座磐石改成的戏台挡住他们。换上戏服,
挑着酱缸,老人和少年从戏台之东
不偏左右,去到戏台之西。"卖酱啰,卖酱啰……"
下台时,少年脚底一滑,两个酱缸摔成碎片
棕红色的酱,向着四周飞溅,弄脏了演员们的戏服。
晚上,他们住进正义坊没有磐石的客马店,
"一夜无话"。但一直提防贼,一举一动不敢有新生的样式。

祖母省略了返程。她说:图案都是一样的,
很多东西没有正面和反面。

——但酱缸换成了团箩,酱换成了红糖。
下一次对相同的人说起这次旅行,
她反向开始讲述,祖父和父亲
就像是又一次离开了她,倒退着走路,或以为是,或以为非,
担子里一路卖完的红糖,一扇一扇地又被收了回来
在正义坊客马店门前,变成最后一缸酱。都是棕红色。

她沉浸于真实的离开和想象中的后退,
有时还会把自己讲述者的身份安置在昆明正义坊,
错乱让她迷上了倍增的到达和不到达。
其中作为轴心的距离感也许
不一定产生于孤独,而是产生于简朴的生活信仰。

——她手心里的两个小木偶,不知是她求谁雕刻的。
即使手心没有两个小木偶,
她可以想象手心里有,正如想象
他们回归等于离开,反之亦然。而且回归与离开

每一次都是同时发生的,没有时空上的差别。

九

舌头如火焰显现。有人在故事中看见——
有一片云,人的手掌那么大,飘在两个人头上。
(随时准备拎住他们的头发转圈圈)
——还有人听出了弦外之音:狮子吼叫着游行,
到处寻找可吞噬的人,但它们被另外的人杀死,
他们甚至连一块衣角也没有被狮子的齿爪撕走。

戏台上的羊角号至今还在吹着,
大戏早就筹备得极其完善,
但跳到戏台上的人没有能力担起重责。
而且很少有人洞察——几乎所有的戏台下,
不曾显露的坟墓被装扮成一根根台柱。

在死人中寻找活人,
故事中的鸽子往往只显现它鸽子的形状。

十

父亲应该出场了,做一座房子的主角,直到
房子向内倒塌而他在封闭中死掉。
死亡是为了早一点看见世界的虚空。

观念不善待人:祖父的死告诫过他——怀疑循环与重复
是无用的,而且你得按照你所怀疑的东西的指令
一丝不苟去做事。

你所见过的人,没见过的人,
都在这么做。人人像长出脚杆的火焰,触物即毁,
哈哈大笑,自己则一边走,一边降低火焰的高度,

熄灭只是时间问题。

什么是燃烧的世界？

战争、思想、突围，
以及对宗教学的疑虑，一种冰川的运动，
壮阔，无法描述。
建一座房子，在房子里走动，把农具
挂到墙上，农具压脱铁钉掉了下来；什么人
把石头丢到了房顶上，妻子脸色赤红，
站在门外乱骂。夫妻之间的肉搏及其孩子的
破腔而出。也是燃烧。把肺腑烧成铜。

我们都是前来见证卑微的人，
而非自由的喘息者。像祖父以行动告诉邻人：
"庭有枇杷树，吾妻死之年所手植也，
今已亭亭如盖矣。"
卑微的原意很窄，只把进入自己子宫的
人和从自己子宫出来的人放在心头。
但它犹如祖母的内循环或是她瞎琢磨出来的新世界，
两者是对等的。墓碑下，没有谁能给人带路。

祖父和祖母均匿迹在睡眠之内，
梦中一块大磐石上，他们朝下跳。

白雾茫茫，父亲哭了两回——因为祖父和祖母不相信诗歌
应该从死亡之处开始写，写我们不知道的一切。
而乡村式写作，一直保持着从诞生写到死亡并以死亡
作为结论的传统。贴着人物写，止于人物。
止于"命运感"和"粗暴的铁环结构。"没有贴着天空写，
把住在天空里的神仙作为倾诉的对象。

祖母叮嘱父亲：两块墓碑至少要有一天路程的间隔。

而且她决定在梦中往磐石下跳的头天，叫父亲背着她，
去了一趟父亲的新居所。
让父亲把两个木偶中的一个，
放入两块挡石之间的夹缝。把祖父还给祖父。

但她没有把父亲还给父亲，父亲
也没有从她的手心里把自己拿出来。
她用三张棉纸，事先盖住脸庞
——她不想见谁。被褥叠得很整齐，
身上的衣服只有外面那件是新的，里面几件，
破旧却洗得一尘不染，散发着烈日的气味。

一双小脚的脚尖向上，紧挨在一块儿，鞋帮上
密密麻麻绣满了蔬菜、猪狗、鸡鸭、酱缸和各种农具，
及其锅碗瓢盆。左右各有一个人，一个端着碗吃饭，
另一个弯着腰，似乎在捡地上某种闪光的东西。
这与祖父"跳崖"后的遗像截然不同：祖父赤着脚，
没换衣服，身体趴着，头颅偏向我们这边，眼睛睁得很圆，
两个手掌是张开的，右手似乎还想去抓起
掉在床下的烟枪。
两只鞋子内塞了几根被揉软后的稻草。
祖母当时用一床毯子把他盖住，毯子滑了下来，
又盖上，又滑下来。理性地看待死亡，我们做不到。

还有一件事，父亲也做不到：他私下想把
事先备下的两个棺椁，祖母的给祖父，祖父的
给祖母。因为尺寸不对，他在哑默一阵之后，从容不迫，
维持了原来的研判，没有对未来做任何改动。
毕竟他们顺从了生活又安静地顺从了死亡，没有"自我毁灭"，
意味着他们的死亡具有清晨月亮落下时的美感。
谁能救他们的灵魂于这取死的身体呢？没有。

十一

死亡产生停顿,众所周知——时间
不配合将活体展开为"死亡形状"的
任何一个"父亲"。它只对"生的形状"保留
暂时性爱好,除非这个"父亲"笃信——看不见的,
才是永恒的——这样的价值观,它巨大的涡轮

也许才会按下暂停键。用鲜花装饰永恒的东西是它的职责。

当父亲穿着好像是用白色幕布做成的
孝服,在两块墓碑之间来回运转,以预言家的语调,
告诉旷野"我是孤儿"时,时间撂下了他。他是司晨者,
同样是尚未发明的有生育功能的机器人,
血液温度高达上千摄氏度,金属的嗓门里安装着扩音器。

虚谎的内心,在河流到来之前,
安放着守墓人淘金的洗沙床。
困在思想里,如同
盲人在明亮的光团中摸黑向人传授失传已久的算命术。

他需要野蛮的纠偏,但邻居们认为他的心是金子做的。
甚至到了他也将入土之际,他还固执地认定自己没有
过犯,是陌生人挤进了他一个人的旅程,
把他没有兴趣的羊排,硬塞进他的嘴巴,
逼迫他连骨带肉一起嚼碎下咽。

石块、旧纸、破布塞住墙体的一个个裂缝,坐在屋内,
还是可以听见风吹动云朵:天上人在夏天滚雪球,
开挖新河的农夫吐出的气息在头顶凝聚为棉花团。

青蛙——是密集的鼓声在黑暗中分头追查自己
不知去向的绿肉鼓。落叶是时间的书童。

栽电线杆的人掉进自己挖的坑洞,站立着发出鼾声。

父亲还听见旧河的水响,不是淙淙,不是哗哗,
是永远没有起源也没有结尾的一支草原狼大军,
一边互相撕咬,一边把一个"嗷"字拖为弧形的长调,

使之变成哀嚎,慌慌张张地缩着皮毛之躯向前挤。
马在啃马槽。白天的人走在子夜的路上,

每一脚都像是踩中了别人的头顶,
但双方都不吱声。

"快乐的人没有过去,不快乐的人,除了过去
一无所有。"这死亡铁路上的话,谁说的?理查德·弗兰纳根。

一个父亲永远不会知道的"牯牛"——他在耄耋之年,
又来过昆明,站在樱花宾馆门口观赏外国游客,
黄头发,蓝眼睛,"女人像母马,男人像牯牛",
找不到更准确的语言表达吓人的观感。他们拉着他拍照,
没有给他照片。

他很气愤——他同样不晓得,
深藏在魔盒里的胶片于黑暗中显影定影的技法,
等于从墙缝中走出记忆深处那个女匪首。

女匪首亲口告诉他:她不是寡妇,也不是女妖或杀人机器。
从她左眼角挂着的一颗玻璃种翡翠眼泪中
他看见了他,以及守护神傩面、豹皮和门闩。

十二

旧河两边堤岸斜坡上的杨树,苞芽

是幽红色的。

他把马拴在那儿嚼食干草，一个人吃力地
卸下了马车车床，移靠到山墙上。有两根横挡炸裂
需要拆换，而双轮间的轴心得用腊猪皮
打一次油。木轱辘圆弧上的榫头多处凸出在外
不能用斧头去砍，要用利刃耐心地削。

——麻烦在于：把一位开挖新河的邻居从爆破现场
拉回来的时候，有洞的头颅从草席中甩到车床边，
血水浸入车床和左轮的木纹，清理起来十分棘手。

马车的某个部件，
有了人的魂魄，他有点不安，但也觉得没那么可怕。
父亲的工作：在两个相距很远的地点之间
驱马往返，村庄不一定是中心。

从几十公里外的
石厂把石头运往几十公里外的水库，又从水库
将用剩下的木料运往几十公里外的煤矿……
马匹、马车和他均是公器，三位一体却是三个
方向相同的个体，地位是平等的——像一个脖颈上
长出三颗无差别但又各自独立的脑袋。三个物，
同做一个梦，令人短暂的惊喜但痛感不会消失。
荒诞得如同偏执狂手上握着的，包浆的，
用马头骨雕刻而成的指南针。指北针。

运输石头和木料，父亲想到了
祖父一生唯一讲过的神话：有一个人手上挥舞鞭子，
赶着世上所有的山峰在大地上漫游，就像牧人和羊羔。
然后，他坐在车辕上睡着了，很沉，
马把一车石佛分解的条石和他，拉到了祖父的坟头。

十三

附近：干旱。几个村庄的人在地界内，
点燃焦枯的作物，坐在白灰上望天，不敢哭求——

眼泪得用来解渴。僵硬的面部线条和直勾勾的目光，
就像是铁盾从后面被毒箭射穿，斜放在雪地。
传说中的几亿立方米指标性流水，从某座水库出发，
前往异地，即将从新河流过。几百座雕塑站了起来，

以跑步者的姿势来到干燥的河床，自觉倒下，
用雕塑作品垒起一座拦河大坝。

水来了，像婴儿的笑脸，
但只有二百立方米左右，是一亩稻田的用量而且转眼之间
就被河床吞掉。雕塑终于与人体重聚，一切都在无可挽回中
瘫软下来——我们的雕塑不再梦想中途夺取

别人的雕塑梦想中的激流。嫉妒、反对、玩命式的拦截，
已经发生，却是一次低效的演示，没有引出罪与罚，

也没有从虚空中取回让他们变得坚硬无比的一碗银河水。

"一切"如同我们的观念出了问题，在借雕塑作品呈现
人性之悲，而事实无非是荒野上的一座雕塑内部安装了
投影仪——有一个个与之外形一致的小矮人幻影，
从雕塑内没完没了地跑出来。

然后在河床上跌倒。

十四

附近：踩影子的游戏刚刚开始。

孩子们根据好恶分成两派：一派是幽灵，
另一派是寻找幽灵的人。
当"幽灵"躲进隐秘的厕所、土坑、树上和草丛，
"寻找幽灵的人"喊着具体人的外号（他们
有着数不清的外号）开始寻找。
月光让人们产生幻觉，
觉得自己置身在碎玻璃堆中——制造光的场所——被找到的幽灵，
人们将他团团围住，轮流上去用脚狠狠地
踩他的影子。
别人踩他一脚，他就得嗷嗷大叫。就像是人们
真的往他身上砸铁锤，他身上的玻璃破碎后又反刺进
他们的肌肉。

"嗷——"之叫也像是磐石后的狼嚎，
什么地方疼痛唯有狼知道，而孩子们乐于做一个个
"狼崽子"，叫声的弧度抬得更高，高度下降时来得更陡，
尾音拖得更长。有的幽灵藏得太深，忍受不住
"找不到"的煎熬，自己从黑暗中跳出来接受惩罚，
或者以幽灵的身份回家睡觉。

游戏中止，隔夜再进行，
"幽灵"摇身一变，成了"寻找幽灵的人"。

十五

附近：两个人用铁链抬着一根燃烧的房梁，
另外两个人抬着燃烧的巨匾，一共四个人，在冬夜
凛冽的冷风中取暖、照明、赶路。他们同时开口说话，
语言压制语言，挡回别人的责令和劝告。
或统一沉默，脖子硬挺挺地扭向四个方位，一个团体
但互相敌对。每个他都想做另外三个他"灵魂的祖父"。
语言的工具属性如四把短刀，没有交锋——就等
抬高的火焰完成对房梁与巨匾的审判。

烟尘、灰烬、火星子一路散开，那场域仿佛没有逻辑的
想象之象，有信仰，有伐异，是我们的知识起点却又
容易引起反复的误解。注脚多于正文，而且注脚
将会形成繁杂、庞大的考据迷楼。他们很别扭地一闪而过，
路基内激越的鼓声则经久不灭如同埋着一支鼓队。
事物逼迫人们歪曲它，人们不置可否。
水边，有人正在把一件衣服，
当成具体的人，扔入黑色的波涛。

十六

附近：村庄被一支影子队伍围住。
魔法师提着两柄木剑去抵抗，劈，掠，
刺，挑，动作老迈僵硬，似枯树腾挪、展开枝条，
累得气喘如牛。而且碎断的影子在他眼皮底下
马上复活，一个变成数个，挺身扑向他的剑锋。

他发现是他在制造更多的敌人，
自己赢不下这场战争，只会让战争规模和恐惧的面积
快速扩大，局势失控。
他斜拖木剑，身体的圆柱体缓缓旋转，
形成一个个圆圈，木剑也同时在地上画出一串互相
缠绕的圆圈——像面对飓风反向撑开的黑伞那样
往后退。无法投降，也无力战斗。

整场战争分明是在悼念
某种抽象的圆形物体。一只信鸽始终在他头顶模仿他。
即使他宽恕影子并向它们妥协，沉痛的绝望，
也已经在他的心头扎根——近似于伟大的诗篇
仅限于未成形的腹稿。

悼念的反抗性存在于"有"
和"没有"之间的残酷地带。

"没有"的占比更大。

十七

母亲那时候在合作社的铁匠铺打杂：拉风箱，
搬运铜头和铁手印，给成品农具上油。对赶马人的印象
谈不上有多好，但外祖母一言九鼎——"就是他啦，
那个牵马走上河岸的孤儿。"
母亲手上拿着的马掌，
咣的一声落到心头。

几个铁匠正在联手锻打
铁桥的一截拱梁，找不到优美的弧度和精确的接点，
样子扭曲为古怪的巨型铁肘，旺盛的生命力泛出深红色。
——是的，母亲没有反对。给父亲钉马掌做帮手时她听见，
马肚子里也有个风箱，而人肚子里有沉闷的鼓声。

（薛霸腰里解下索子来，把林冲连手带脚和枷
紧紧地绑在树上。同董超两个跳将起来，拿起水火棍，
看着林冲说道："不是俺要结果你，自是前日来时，
有那陆虞侯传着高大尉钧旨，教我两个到这里
结果你，立等金印回去回话。便多走几日，也是死数，
只今日就这里，倒作成我两个回去快些。休得
要怨我弟兄两个，只是上司差遣，不由自己。
你须精细着：明年今日是你周年。我等
已限定日期，亦要早回话。"
林冲见说，泪如雨下，便道："上下，我与你二位
往日无仇，近日无冤，你二位如何救得小人，生死不忘。"
董超道："说什么闲话？救你不得。"薛霸便提起水火棍来，
望着林冲脑袋上劈将来，可怜豪杰束手就死。）

铁匠铺对面的石凳上，瞎子拉着二胡讲《水浒传》，
到了第七回，鲁智深还没跳出来，停了二胡，

不再往下讲。眼前没有听众。

时间的别面：金圣叹和周作人在瞎子旁边肃立，
继而在后墙上铺开旧纸。
金圣叹批注："临死求救，
谓之闲话，为之绝倒。"周作人则感叹："闲话这一句，
真是绝世妙文，被害的向凶手
乞命，在对面看来岂不是最可笑的废话？"

寂静：铁匠铺击铁高音中片刻的寂静，使寂静
有了铁的硬度和在锤击中变形的本能。

铁匠之一是个戏剧学家，幻想能用手中铁锤和砧打造
一件老旦的戏服。能相信眼前所见吗？他不确定。
为迷茫的金属寻找方向——他所了解的戏剧史，
受造之物总是质疑造他的人："你为什么要把我
造成这个具体的模样？"刀长着一副杀人的模样，
也长着必然被熔毁的模样。

而不少铁铸的戏台
经不起铁锤轻轻一击。铁匠永远无权用一块铁巴，
打造心属之物并安放在亘古常在者面前。
有什么"闲话"要说呢？

当本该砸在铁桥拱梁上的铁锤，
砸在自己腿上，他担心自己是诈伤，什么个体声音
也没迸发——自己的声音在那一刻是低俗的、违规的。
"还好吧？"母亲扭头问他。他面带微笑。

他们对话的情形，投射在父亲的马眼睛内——
新生的瘸子，后来一直在铁打的东西中翻找他肌肉中
骨头的碎片：神示之下万物都有互相效力的职责，
但他低估了铁的力量，所有的铁器拒绝把他的断骨

还给他。

死结：他又将想象中那件铁打的戏服打制为
一根根完美的细小股骨，作为玩具分发给村庄的儿童。

死结：他认为股骨玩具必会与消失的股骨汇合。
如复活者的形状出现在众人之壳，生灵却徘徊于旷野。

十八

父亲抱着马的右前蹄，往马掌上钉最后一颗铁钉。
母亲左手攥死马嚼子，右手抓住马的耳翼
嘴巴凑到马的耳郭，轻声独白："房子，我想要一座新的！"

这匹喑哑之马突然挣脱两人之手，前身腾空，仰首嘶鸣。

他们为自己所难掌控的生活设定目标，父亲也不反对
——在新居所的旁边建一间耳房供瘸子居住，
用添加的空间容纳异乡人，慈善的风险
存乎于慈善的脆弱性和耐受力。

他们以为在某些时辰，
他们是坚固的：没人会阻止瘸子将一把斧头锻打成心脏。

十九

——重复永远不变的责任——
父亲决定把祖父建造的房子，照着原样，在原地，
重建一座。

新石头换掉旧石头。新木料换掉旧木料。
新土换掉旧土。新门换掉旧门。"新换"换掉"旧换"。
某个午后，土地神向他伸出援手，

他赶着马车在新河河堤拉运污泥,一场
剧烈但面积局限于半亩地内的地震,用灵巧的巨手,
将他的房子撕成了一堆土豆,用时一秒钟。
没人能阐释,因为什么,发生了什么。
听见有人大声喊他,告诉他地震结果,他卸下马车,
骑马奔至废墟,黑洞之上的漩涡已然凝固。

马毛竖立。父亲的脸在人脸、狮脸、
马脸和鹰脸之间转换。似有一把快刀割着他的头发,
有几绺被火点燃,有几绺被刀剁碎,有几绺被风吹走。

乡村邮差骑着绿单车,沿废墟绕行,看了
父亲一眼,吹着口哨,朝着落日骑行——村庄里没有
什么特别来信:几个离义犯罪的囚徒会偶尔
寄张纸条回来,向家人索要御寒的衣物或食物。
"他们"就像是葬身于废墟的人影子,在监狱中
学会绣花,也会给家人邮寄绣有"春天来了"字样的鞋垫。
顺便索要彩线和铁针。生锈的钱币和酱。

有人唱着哀歌走过:"墙要倒塌,必有暴雨漫过。
大冰雹啊,你们要降下,狂风也要吹裂这墙。"
他硬着颈项接受。一如艾希曼
硬着颈项接受迟到的庭审。

一座房子倒塌了——按照他的意愿倒塌
——就再建一座。慰藉他的人在馈赠中
加入了更多的毁灭与惩罚。他们比谁都清楚:拍摄
人体照片,x射线胶片可以抵达他肋骨上的荆棘。

二十

青蛙的沉默:让身体从叫声中跳出。
像祖母在玻璃碎片上抟面一样搓揉着它圆鼓鼓的

身体。血没有出处但有一只只沾染了血迹的手掌愤怒张开。
在叫声出现之前和扩散之后,
身体如同一个等候锤击的铁砧,阿谀者和失落者
两种双关的神态,在地面上交替,固化。如此逼真。

二十一

马用蹄子刨开断梁和泥石,
嘴巴叼起蒙尘小木偶,递给他。小木偶的颈项和额头,
分布着石头撞击它们时留下的小坑。

关于戏剧学的演讲持续到深夜。第二夜,第十三夜。
至铁匠铺在闪电下化成灰烬为止。不对,
铁匠铺不会化成灰烬!戏剧学家用一把扫帚就能
将闪电的废墟清理干净:扫掉灰尘,铁器无非是
多过了一次火,还在那儿——火焰升高时它们在下沉。
也不对,它们一动不动,没有下沉。

没有在火温最高时在火焰底下,
向闪电写信请求宽恕。

戏剧学家的观点已然交付给逝去之火,但对他
(包括母亲)而言,从嘴巴里说出的词藻,即便像烈火一样
喷射出来,天空也不应该发怒。
——"戏剧的意义之一就是在你幻想死亡的时候,
让人将你一刀捅掉,然后通过其他剧情告诉人们,
你对死亡有什么看法。譬如让你的灵魂
从你身上离开,化成飞蛾,看着你被火焰无端掳走!"

譬如:让一场地震只针对一间房子而发生。
赶在你的前面,以你隐秘愿望的名义将你推到自己的
对立面,让你获得哀伤的借口并由此为生活贴上
悲剧的标签。你原本是独幕喜剧的主角,

但你必须成为辽阔悲剧中的小角色。

而且事情变得很花哨——当他在祭祀的傩舞队中，
胡乱抓了张狂喜鬼面具套在头上，从此父亲
有了两个名分：他既是面具的代言人，
也是狂喜鬼后面真实的他。
月亮的香气弥漫。在紧急调运盐巴、煤油、农药的晚上，
他戴着面具穿过了乱葬岗、鬼集市、旧河道、空村，
不洁的十字路口和受诅咒的山丘。
月亮的香气弥漫。月亮的香气弥漫。
他得到的安全感，虚荣；他能看见的他的异教徒丰姿；
他额坚心硬的另一面，多像暴动中排头的巨人！

父亲在往生前曾经与我有过
一次神聊。死人与活人之间的界线被取缔，
交织在一块儿，创造出一个个啼笑皆非的故事。故事核心
却很低俗：女人喜欢与死人发生性行为并怀孕。
床榻前蜡烛的火苗双面刀锋一样直立，
有时也摇曳一下，向着离开的人影弯曲。

二十二

外祖母每次说话都有前缀："那——那，
那——那。"那一年。那些人。那件事。
话题特指以前，没有此时和未知——把声音伸进忘川，
拿出事件，又把时间合起来。仿佛从海里取出沉帆，
又把海水合拢。她的记忆中，那——那——那一年，
父亲和母亲结婚的新房是公家的马厩。婚床
安插在拴马柱和石凿马槽背后，漆黑，湿冷，
浓重的马尿气味有愚民倾向，但又暗示了人性的解放。
某种肉欲的腥膻和直白，令人亢奋也令人
自卑。未必是他们发现的自卑。它一直被深埋，
或被粉饰为野兽和畜生的贵族属性。譬如

把菩提树枝当成烧柴同时又在烧柴上镶满水苍玉。

——那——那——
——那——那——

外祖母记忆力惊人,从遗忘中她还净化到
一个细节:戏剧学家坐在马厩旁的小枣树下唱歌,
他们夫妻俩则在合力捕捉床底一条赤红的大蛇。
大蛇嗞嗞嗞的叫声,
就像有双手在它腹中撕碎地契和白象。
夜,有大雪,一只只狗从不同的屋檐汇集到干涸的池塘,
没有缘起,仰着头像接受了指令,开始吠叫。仿佛
池塘的底部正在缓缓下沉而它们不想垂直落入深渊,
而它们——同样不想在短暂的沉沦之后马上
跳回地面。得多坚持一会儿,至少一夜,至少一个冬天。
至少狗的一生。何况在一生完结之日,它们终将被扔进
这个该死的池塘,尖锐的牙齿,恶狠狠的吠叫,都会变得
没有痕迹和意义。现在,此刻,当它们顶着漫天飞舞的雪花,
吠叫一会儿,就一会儿,它们的心,狗的心,至少
还能朝着喉咙往上提,四个爪子还能死死蹬踏着泥巴,
两束目光还能跟着吠叫声弯弯曲曲爬上白色的夜幕。

"吃着死人肉了。"母亲骂狗。
父亲说:"不是,它们在啃活人的骨头。"

父亲本来想回答:是的,狗在唱歌,会唱到天亮。
而母亲本来想问:是狗在唱歌吗?
——黑暗中的对话,稍不留神,语言就会触及事物的本质。
人就会恢复疼痛感,变得没有耐心。

二十三

雪花降临松树林——那个冬天雪花

代表了天空的形状和方向——与松树形成四十五度斜角,
坡面,动感,圣洁,所有元素来到端极只是为了
强调:在万物的斜坡之上存在着一面让天空
为之倾斜的斜坡。风还没有到来,松枝折断纯粹是因为
它们在折断之际才知道,雪花也有磐石的重量,
也有刀斧厚钝但异常凶狠的锋刃。
"不要怕,我们得等到天黑之后才动手!"
匍匐在一块磐石背阴的壁面下,嘴巴咀嚼着伸到唇边的
枯草茎秆,一群人遵照父亲指示,把刀斧、抓钉、皮绳,
暂时放到草上,翻过身,结跏趺坐,看着几米外的
落雪,像几十个被瀑布罩住的罗汉向外观瀑。

向外观看一个巨大的白布口袋。
向外观看一条越逼越近的白色防线。

一只鹰背着积雪滑翔,像冲浪运动员笔直地升起,
又笔直地消失在迎面扑来的白浪。
叫声的回音与铁锤击碎铜钟发出的响声相仿,已无动机,
同属于"最后一种声音"。时间差产生不改变的空白,
而叫声与寂静之间的强烈反差则产生惶恐。
如此陡峭,但又混沌如谜。

他们在午夜提起斧头。内心受制于盗伐,他们恨不得用棉袄
将斧口包住——叮,叮,叮,每一斧下去,就像是在砍
自己的腓骨。"这样不行!"父亲猫着腰,逐一对着刀斧手的
耳朵,小声下令,"一定要玩命式地砍伐,但几十把斧头,
必须统一上抢,又统一砍下,只能发出一个声响!"

他手上拿着一根松枝,向上一扬——几十把斧头抬起来,
向下一掠——几十把斧头剁进松树,几十等于一。

护林员的房子伫立在"风雪丫口",马灯一直黄亮
步枪斜靠在门边。但两个神枪手已经喝醉,

突然刮起来的大风让任何异响和异动丧失方位，
难以定性。虚白的世上即使真有一把斧头在疯狂地盗伐，
他们也会觉得那是雪崩或滚石击中了松树。
谁也不会命令两个醉鬼把子弹推进枪膛。

两个神枪手在做梦：手上牵着猛虎，
前往对方的梦境，边界上，对方的梦里伸出来一根黑幽幽的枪管。
漫长的对峙把他俩困囿在了梦境中。

死亡也满足不了他们冒犯的欲念。

——包括他：我的父亲。他同样像是以祖父身份
进入了自己的梦境，他安排他给倒下的松树修除枝条，
截去冠盖，钉牢抓钉，皮绳系成死结，然后
让沉默的帮手将它们分批运走，撤离现场。
开始于也终结于虚无的偷运之路乍现乍灭，他安排他
作为运走最后一棵松树的人，无形之中让整个事件
具有秩序感：神枪手梦境中的老虎会不会跑到山上来，
某个人会不会成为"动物伤人事件"中的冤死鬼，
谁也不敢担保。不确定性总是责成牵头者以身犯险，
而不是在弱势的立场上无知地去排除所有不确定性，
成为殉道者群团中的新手。邮差或自愿献血者。

盗伐时树上雪塔倾覆而下的景象，
松树轰然倒下时的气浪和雪尘飞扬的场面。后来，
父亲怀着古怪的念头多次重访盗伐现场，坐在树桩上抽烟，
都会一次次反刍，为之像梦游症患者那样尖叫。狂喜。

几十个树桩，
被神枪手用油漆涂成血红。
上面放着弹壳。弹头留在了虚拟的敌人那儿。
父亲把一枚弹壳凑到唇齿间，
吹出呜呜呜的声音。

他相信——在拖着松树回村途中，落入壕沟，卡在磐石，
被冰块绊翻，每一次他都遭到了枪杀，
身上有几十个隐形的弹洞。
但当他连人带树滑入水库时，那个伸出长长的斧柄，
向他施以援手的黑影，看身形又分明是护林员中的一个。
他无法确认。藏进黑暗的脸额遮住了真相。

二十四

戏剧学家终于用伐松的斧子打制了一件
老旦的戏服，竖放在风箱旁边。说书人问他——
为什么里面不放一个人？他说人没有戏服这么有价值。
而且如果用斧子打制一个人，他的想象力只能
抵达骷髅的形状，找不到理想的人形。
哦，老旦的戏服中有一对死亡母亲的乳房，
乳汁像自来水一样淋在我们的头上。

通过一件戏服间接认识戏剧学，说书人
把说书地点改到旧河河床。流沙与幻水托举着他的
小木凳。过于宽松的绿衣服和瘦黑的二胡，
如同独立在他之外的一个装置作品。
沙脊在烈光下蛇一样蠕动、变形、消散。进入风中的
沙子或枯叶则清除了河床的概念，但又以风和虚空为河流，
不受任何一种岸的挟持和保守，空怀流水的抱负，
在虚与实之间自我搓捻，成为齑粉，成为光尘。

石头是从道路两旁捡回来的：菩萨的鼻梁、石狮的
腿、牌坊的柱脚、古亭的碑刻、书院的石栏。父亲
要建的房子仿佛是大地尽头的一座礼堂，或博物馆。
把它们汇聚在一起时，破损的断面闪耀着锋利的触角，
青苔从里面向外生长，犹如青蛙缓缓爬出。

犹如青蛙拖着石头，

从幽暗的深处爬到事物表层。
而退路已经被炸毁或封锁。

而父亲在挖屋基。他将原来的屋基刨掉,再深一点,
再稳固一点,否决源于时间和教育。锄头挖击石头,
主观的强硬与客观的坚硬组成单一动作,又由乏味的重复,
组成一次颠覆:声音刺耳,火星之蝶、之光、之快速闪灭,
连同寒土、蜈蚣、湿冷的地雾,在他身边——以他
裸露的上身为主体——拼凑成一个用反某物的恶行
铲除某物而又最终投靠某物的暴力团队。

一场不属于任何个体的革命,但都身在其中。
谁都可能错过并自觉地葬送自己。

父亲和祖父互相嵌入对方。我是父亲,我是
儿子;我是后者,我是前辈;我是他,他是我。
说话的声音、腔调没有差别,即使后来人不再
重复前人,背叛与解放激发了新生,两个人
还是被套在一个枷锁。父亲从屋基中挖出一堆
理论上不存在的枯骨,或仅会存在于理论中的枯骨,
脸色大变,问空气中的祖父:"它们是你吗?"

祖父回答:"它们是你!"自己的枯骨出现在手上,
"哦,原来是我。"
他好一会儿回不过神来——结论没有什么问题——但结论
挣脱了时间的缰绳。他一边喃喃自语"我杀了自己",
一边把它们随手放进倾斜、单纯的马槽。

二十五

世界来到这座房屋中。
落成的那天,主人收到
以下礼物:几十匹红布。印着红喜字的镜子。脸盆。

锑锅。腊肉。鸡蛋。箴言集。口缸。飞毯。黄豆。木桌。
皮鞭。酱缸。白鹅。红糖和几条小狗。

有人还送了梭镖、几张报纸和两棵松树。
(三种礼物都是偷来的,在救赎史上别有奥义。)

房屋本来配不上这种礼节,
附着在遗忘表面的物质也远比房屋轻佻,不值得高看。
振聋发聩的铜鼓声中,生活把低级的喜悦让渡给
人众,以便让日常生活等于宗教生活。
山墙的阴影中,喝醉的人,四肢杵地剧呕,
像几匹马,脖颈垂地,对着下面嘶吼。
青蛙乒乓四散,蚯蚓的九颗心脏同时启用。

旧河洪水暴涨,波涛上漂着的独木桥直通幽冥。
新河的狂浪高举着河床,就像是铁打的人类
用手臂将黑布举过头顶,哐啷哐啷地前行,
深渊存在于它没有以前和没有以后的两端。
鸽子在空中清点着虚构的人数。

二十六

父亲在老死以前,不远处,附近,历史用含糊的语词
忘掉了冗繁的个体事故,以及这些事故编织而成的电网。
我尝试着以今年或往年的语言像描述前往昆明朝圣那样
去描述他弥留之际的眼神,没有成功。
那一瞬接一瞬的裂变,长时间的木然或此刻对前一刻的否决,
不在我们的语言所能抵达的范畴之内。他想开口说话,
却连"我"字也不再配合他的舌头,舌头上与喉咙中,
已经没有文字。母亲和马,两座相隔一天路程的坟墓,
我们,存在于风景中,正接受着清风的盘问。

那座房子还站立着。

"谁想守护着它?"譬如守护断桥的一个桥墩?

忘川上驶来一条小船,走下来的是几个不说话的人物。

——即使他们把小船靠在山墙上,成为房子的主人,

沉默,沉默激怒的时间,乃至无语者天生的敌对的假象,

也会让父亲的在天之灵惶恐不安。

也会让我们不知道该用什么文字去阐释它的象征性。

房子如此坚固,而我们

转瞬就变成你们,或者他们。它们。

而身体下的磐石只会在另外的空间行使船的特权。

梁平

诗人、编辑。现为中国作家协会诗歌委员会副主任、中国诗歌学会副会长、四川大学中国诗歌研究院院长、成都市文联名誉主席。主编过《红岩》《星星》《草堂》《青年作家》，著有诗文集19部，诗歌有译介英国、美国、法国、德国、日本、韩国、波兰、俄罗斯、保加利亚等。现居成都。

梁平诗选

蜀道辞

题记：蜀道始凿于春秋战国前，南起成都，过德阳、梓潼，越大小剑山，经广元而出，穿秦岭，直通八百里秦川。

古蜀道

尔来四万八千岁，
峡谷与峻岭悬挂的日月星辰，
以川陕方言解读险象，
三千年典籍。线装的蜀道巨著，
章节回旋、跌宕，
在秦岭、巴山、岷山褶皱里，
雨雪滋润山清水秀，
雷电席卷金戈铁马。
深涧、峰峦、关隘、栈道，
断壁上凿石的回声，
勾连长安与成都的打望。
秦王蜀王各自怀揣的心思，
比古罗马大道石头与石头的衔接，
更久远，更抒情。
诗仙李白留在蜀道上的噫吁嚱，
一声喟叹惊为天籁。

褒斜道

甲骨文歪歪扭扭"伐蜀"的笔画，
调集周文王的冷兵器，
顺褒水斜水布阵。
水深流急，两河谷口形成的谷道，

省略危崖峭壁的攀爬，
纵穿秦岭。危乎高哉的秦岭，
留给了飞禽走兽。

秦岭之外与蜀往来的蜿蜒，
互通有无有名无实，虎视眈眈，
或者来自蜀以远的觊觎，
褒斜道缝合与撕裂，历历在目。
谷道狭窄局限了欲望，
秦昭襄王下令凿筑绝壁栈道，
"通于蜀汉，使天下皆畏秦"
马蹄与人头攒动、聚散，
在水之上。

蜀后主孟昶从花间词出来，
密差蜀将邓芝赵云玩一把火，
烧毁栈道拒魏军于天险。
历史的演进很多逗号、省略号，
没有句号，没有一次阻挡，
偃旗息鼓。又起兵戈，
俯卧的刀光孜孜不倦"凿路而行"，
蜀的诸葛、魏的李苞，
把名字留在了栈道上。

褒斜道宛若悬空的天桥，
连绵烽火云烟。

米仓道

向东，
米仓道由梁州光临的大巴山，

竹修暗烟、云连秦栈，"天开灵奇"，
风景这边独好。

秦惠王灭巴的硝烟惊飞鹧鸪，
把"巴岭路"的名字一笔勾销，
改成大行道，大行其道。

旺苍纪家河桥头石碑年事已高，
"上通秦陇，下达蜀川"的碑刻，
抬举了米仓道身份。

铁蹄一路过米仓山，南江的雨，
沿巴河、渠江倾盆重庆，另一路，
经蓬安、合川，终结了嘉陵江。

军帐、马蹄、辎重、炮火，
与民生油盐酱醋和商贾算计的大戏，
从来没有落幕。

刘邦得汉城，萧何月下追韩信，
曹操与张飞汉水交战、岳飞巴河抗金，
余玠固守钓鱼城，淡入淡出。

官道、兵道、商道、米仓道，
最古老的国道，一条蠕动的大动脉，
蓬勃至今。

五丁与金牛

扬雄《蜀王本纪》五丁与石牛，
从坊间闲言杂语进入正史。

石牛粪金只是诱惑,
美女也是。

蜀的雄关有了五丁开山的影子,
战国春秋的天空假装云淡风轻。

秦灭蜀,从金牛道长驱直入,
蜀王梦里也没见过金牛和美女。

地理上的战事云烟激荡,
五丁蜀人与金牛秦人共襄的盛举,
贯穿秦岭,可以有任何演绎。

马帮的马蹄声遗落嘉陵江,
满江碎金,被商贾糅进川剧与秦腔,
悬崖上一嗓子喊过天外。

其实秦蜀最早的交往先于金牛,
三皇乘云车出谷口前呼后拥,
秦相范雎,指认过先人明修的栈道。

剑门关

风卷八百里秦川,汉中告退,
广元告退,雄关漫道的七十二峰,
利剑直插云霄。寒光里"姜"字旗猎猎,
蜀汉名将姜维的佩剑在石壁,
长成大小剑山。

剑山左右峰峦对峙如门,
凌空的剑门高高在上,人如蝼蚁,

折翅的鸟最后的坠落悄无声息。
半腰环绕的云被风带走，
青史留名当关的人。

骑驴的陆游心境大相径庭，
衣衫上的酒痕随意涂鸦，
剑门细雨柔软了陈年的刀枪剑戟，
眼里的山俊俏，水缠绵，
消魂至此。

长安与成都车马络绎，
剑门关侧身天险的古城错落有致，
渐渐丰满，民俗民风日落日出。
蜀道联通南北，白云淡写的烽火，
在昭化深入浅出。

说书人说的张飞挑灯夜战马超，
文庙、考棚、龙门书院、鲍三娘传奇，
才子佳人、贩夫走卒，以及
古城被水包围的绰约风姿，
改写了剑门风情。

明月峡栈道

嘉陵江水位爬不上明月峡，
东岸峭壁上一条天路，
与古长城、古运河齐名的古建筑，
现存的活化石。

陡峭，"黄鹤之飞尚不得过"，
绝壁，"猿猱欲渡愁攀援"。

岩壁没有立锥之地，凿洞的人，
没有三头六臂，没有翅膀，
鬼魅敲打的神话，一版再版。

洞孔上中下清晰可见，
洞口三十厘米见方，径深五十厘米，
先秦吹过的风，精心测量。

上层搭棚，遮蔽日晒雨淋，
中层榫卯、木桩木板规矩往来行走，
下层挑梁支撑以防闪失。

缄默的军机和贩夫的讨价还价，
都是栈道上悬浮的秘密，
几千年也没人走漏风声。

萧何栈道上守望的月亮，
诸葛亮六出祁山的北伐，
唐明皇幸蜀的马嘶，事情太大了，
栈道下流水喋喋不休。

翠云廊

蜀道上剑阁的梓潼翠云，
超凡脱俗，与远去的狼烟绝缘，
连绵战火始终没有走近这里的阴凉。

"三百长程十万树。翠云廊，苍烟护"，
葳蕤奇观，苍翠两千三百年。
古柏、石楠、紫薇、银杏，

出身名门柴门，身姿身段绰约。

见树并不如面，植树的人隐姓埋名，
"皇柏"也是形似猛张飞，
命名的守护神。古柏没有复杂的表情，
古道一直深睡眠。

翠云廊就是一片天。世界之最，
古代战火保存的古柏群，
家族史、罹难史、所有身世与户籍，
档案齐全。

大树参天天在看，人不分阶级，
"官民相禁剪伐"得以苍茫。
官不分大小，为官一任，
"交树交印"，移交一方清幽。

翠云走廊走出的沧桑，前有古人，
后有来者。古树数十万，
子嗣延绵欣欣向荣，枝丫上的翠云，
激荡成旗，比战旗更威武。

皇泽寺

剑阁皇泽寺姓武名曌，
则天门、则天殿香火经年鼎盛。
寺依百丈悬崖，流水绕膝，
女皇少女时代浪漫的天真，
还在坊间的茶余饭后中。

一尊砂岩真容雕像气势如虹，

俯视江山与芸芸众生。

武则天与媚娘不搭，所以媚娘，
即使唐太宗宠赐也没有响亮。
才人、昭仪、皇后，以及
登基帝王金殿，忍辱负重过，
山呼海啸过。远离京都的嘉陵江，
乌龙山东麓有皇恩泽及故里，
细雨绵绵。

人和历史都是一本大书，
而记得的只是细枝末节。
少女武曌入宫，还没有显山显水，
低头碎步。一次有机会伺侧皇上遛马，
面对无比烈性的狮子骢，
和至高无上的皇上说，
我能驯服。

惊讶，惊吓，连风都骤停了。
武曌说给我三件东西，一条铁鞭，
一根铁棍，一把匕首足矣。
倘若不服，铁鞭抽打，还不服，
铁棍敲击它脑袋，再不服，
匕首割断它的喉管。
满场哑然。

天上流走的云惊艳了身段，
云空飞过的鸟深邃了擦痕。

蜀道名胜数不胜数，皇泽寺，
上风上水，不能一笔带过。
后蜀王孟昶的广政碑已经残缺，
丢失的文字捉迷藏去了。

而碑铭凡有"天后"或"后"字,
抬头顶格,成为历代碑铭,
最独特的标本。

七曲山大庙

梓潼在蜀道上的光芒,
与日月同辉。举望七曲山,
"北有孔子,南有文昌"标高的海拔,
名冠天下。

文昌帝张亚子,《辞海》记录在案,
唐宋封英显王,又元仁宗加封,
辅元开化文昌司禄宏仁帝,
相当于正国级。

晋以降,唐宋元明清历代膜拜,
依山就势而缮、而扩容,巧夺天工,
大庙北方官殿与南方园林融汇,
殿堂楼阁紫烟冉冉升起。

趋之若鹜。民俗比宗教更有感召,
文昌帝也是帝,掌管天下读书人,
想读书的人,读书的人,
民间奉祀益盛。

长安西去蜀道梓潼的文昌,
"士大夫过之,得风雨送,必至宰相,
进士过之,得风雨则必殿魁,
自古传无一失者"。

说说无伤大雅。七曲山大庙,
乔木垂荫,采天地之气,深得庇护。
寺庙最早名字叫灵应,甚至轻风,
甚至细雨,只要闭目念想,

呼之即来。

李白故里

"绣口一吐就是半个盛唐",
蜀道天宝山囤积风的奇谲与浪漫,
陇西院孩儿的啼哭,不敢高声,
恐惊天下人。

江油老宅有西域碎叶的影子,
那孩儿的哭声虽不高调,
听见不足为怪,至于呱呱落地的定位,
无须经纬度的纠结。

李白故里和李白父亲的故里,
都在诵读《蜀道难》,蜀道咽喉,
顺涪江经雁门,可绕剑门,可走剑阁,
青莲起舞,云影暗淡。

一把佩剑行走的江湖,
一个隐喻"挟此英雄风",
从少年到白头,宫廷逗留的诗酒,
远不及流浪的天涯。弱不禁风的书生,
以剑修身,以剑修辞。

"李白李太白李太太白李太太太白",

有人酒后在江油留下的上联，
无言以对。有人说粗痞、流俗，
有人说，真正的仙人大不拘。

李白面前，所有的文字不能拘谨，
故里、祠堂、磨针溪、洗墨池，
肆意难以抑制，西出剑门东下夔门，
绝句连绵不绝。

伊沙

诗人、作家、批评家、翻译家。主要代表作有《车过黄河》(1988)、《饿死诗人》(1990)、《结结巴巴》(1991)、《张常氏,你的保姆》(1998)、《鸽子》(2000)、《唐》(2002)等。

伊沙诗选

无限制超长诗《梦》（节选）

梦（2195）

妻的梦呓
像在授课
我可以读解为
她这辈子的理想
还是想当老师
我也可以读解为
她想我所想
急我所急
教我所教

梦（2196）

某前友
托人送我一串
开过光的佛珠
我并不想
与之恢复私交
但还是很喜欢
这串佛珠
整天戴着

梦（2197）

我梦见
最好的时代
朱门酒肉臭
路有冻死骨

士林在朱门
传诵成最好

梦（2198）

梦遇一只猫
与小白长得
一模一样
但我断定
它不是小白
因为很暴力
果然不是

梦（2199）

梦回我儿时
浪迹过的
穷街陋巷
那里的人们
正在为一个
百岁老人
大办丧事
他们已经
不记得
我这个当年的
可怜娃了

梦（2200）

在暴雨中穿行

雨衣内外都打湿了
来到一个避雨处
我脱下雨衣
用毛巾擦干身体
再穿上雨衣
一头扎进暴雨里去
继续前行

梦（2201）

我跟张嘉译对打
两个小鲜肉
给他助阵

梦（2202）

家中一扇窗户的
纱窗坏了
赶紧找人来修
这是为猫小白
防患于未然

梦（2203）

妻梦呓：
"什么苦不堪言
快把这话收回去
这年头
谁容易！"

梦(2204)

我和几个大学同学
在黄河边跳水
我第一个跳的
王建中第二个跳的
侯马第三个跳的
上岸后
我向侯马请教:
"咱们一头扎下去
为什么
没有扎到泥沙里?"

梦(2205)

酒醒会沮丧
梦醒有怅惘

梦(2206)

一桌人
围着一只
活猴子
用小刀
割其肉吃
我受不了
站起来
走了

梦（2207）

找发票

少了一张

让我很是沮丧

这辈子

只在世纪之交

在文友做兼职

的三年时光里

有过出公差的经历

却在潜意识里

沉淀下来

梦（2208）

在昨夜的梦中

猫小白

一变三

相互之间

老打架

叫我烦得慌

梦（2209）

一夜做了一组梦

家中发大水

猫小白惊慌失措

还好

水没有淹到它头顶

在一面墙的邮箱前
取邮件
某前友并肩而立
先跟我打了招呼

我是盗窃团伙的一员
准备潜入博物馆
盗窃文物
忽然心生怯意

梦（2210）

在一个森林中的
小木屋里
月黑风高之夜
父亲端着猎枪
冲着我
命令我去做
某件事情
令我十分难堪
但却真的无惧

梦（2211）

退休前夕
一个烧钱者
找到我
聘我创办
一份杂志

这真是一个

背时的梦

杂志的年代

早就过去了

退而不休的想法

也土得掉渣

梦（2212）

在梦中

童年的小巷

太高清了

比记忆高清

比现实高清

哦，现实

是写实派

记忆

是印象派

梦境（潜意识）

是高清镜头

梦（2213）

在母亲节次日午后

午觉中梦见年轻的父亲

梦回小时候

到太差市白玫瑰理发店

理发

他进去理

我在门口逗人家的狗玩

那条狗名叫"杀鸡"

很凶

我一点也不怕
很像我小时候

梦（2214）

在电视上看场球赛
还需到邻居家去
就像1980年以前的日子
让梦中的我觉得
这是过的什么日子呀

梦（2215）

在梦里很忙
一直在为记忆
寻找合适的意象
在秦岭山中找到了
蜂箱

梦（2216）

路遇陈刚之妻罗鹏
跟她说起唐欣
已经退休了
醒来之后心想
这就是梦
一点逻辑都不讲
早餐之后
点燃一支烟
想起唐欣、罗鹏

是师兄妹关系
在兰州大学读博时

梦（2217）

足球被禁了
我把家中的
最后一个球
踢成了牛皮

梦（2219）

妻在梦呓
念叨着
一个芳名
与儿子的
前女友的
名字
一字之差

梦（2220）

写着苏东坡
梦见自己画国画
画竹并不奇怪
这并不意味着
我退休后
会增加这一项
在老年大学
报个班啥的

梦（2220）

困在一座
像重庆叫武汉
的城市中
典会即将开始
我与一众典人
失联
万般无奈
最后只剩
一个念头：
"给莫高打个电话"

梦（2221）

梦中
脚下犹虚
仿佛登上
月球

梦（2222）

在某地吃饭
将外套套在椅背上
离开时忘记了

在某地开会
把保温杯放在会议桌上
离开时忘记了

在梦中

我的罪行
以平行蒙太奇一一展现

是前几日
一年来二度丢钥匙（又失而复得）
的总清算

梦（2223）

在异国他乡旅行
一点安全感都没有
关键点在于
当地群众都一副
要出大事的表情
我却看不出来
要出什么事

蒋一谈

诗人、小说家、童话作家、科幻作家。1991年毕业于北京师范大学中文系。主要作品有短篇小说集《鲁迅的胡子》《栖》《透明》《小丑岁月》等,诗集《截句》《给孩子的截句》《动物的诗》《植物的诗》等。曾获得人民文学奖、蒲松龄短篇小说奖、百花文学短篇小说奖、林斤澜短篇小说奖、《上海文学》短篇小说奖、《小说选刊》短篇小说奖、"南方阅读盛典"最受读者关注作家奖、首届《小说选刊》最受读者欢迎小说奖、首届卡丘·沃伦诗歌奖等。

蒋一谈诗选

垂暮之人的一天

垂暮是从侧影开始的。起初，你假装看不见。你养了半年的鹦鹉提醒你：影子变了，影子变了。你打开窗，鹦鹉感受到了你的愤怒，不得不飞走了……

凌晨四点五十分

年轻的时候，你已经知道，
事物让人缺席，而活着因难于言说
变成荒诞；死并不会难于活着。

跟你回家的流浪猫看着你。
猫的眼神在说：我是猫，狗是蠢货，
狗只会吐舌头，而我会喷隐形的火。

人老了，也是蠢货。
你想起一个月前飞走的鹦鹉。
它可能死了，这是你的闪念，
同时又有些后悔。

洗漱台不嫌弃主人。
收音机里的女歌手在唱：
女人就是一朵花，需要有人浇灌她；
等你想要浇灌她，她已经有人了。

你想起前妻，分开十几年了。
过去了，都过去了。

你和猫一起吃早餐。
尼采的书摊开在藤椅上。

尼采,昔日的活力和激情。
你把他的名言名句,仔仔细细
抄写在本子上:

胃是忧愁之父。
智慧就是不做梦的睡眠。
石头里沉睡着一个形象。
人是一条不洁的河。

清晨七点二十分

倾听,但不必深思,清晨自会降临。
公鸡啼鸣之后略显疲惫,脚步犹豫不定,
似乎不知道下一步该做什么。

天上飘着巨大而缓慢的云:
一艘失去了船长的船。

门外的花叫你了。
喷水壶开始唱水之歌。

养花多年,也没能把自己的思想
变得更美好。你恍惚了好一会儿。

花就是花,简单的意念和方法,
能让人忘掉自己,达到无我,
可是你一直做不好。

抬头望天,云似乎在说:
在我身边逗留没有意义,或者,
我身上没有逗留的意义。

你洗盆里的脏衣服。
猫的小毯子其实挺干净的,你顺手
拿过来,洗了又洗,洗了又洗。

手臂跟了你六十五年。
皮肤皱了,肌肉还在
——即使这样,你也几乎忘掉了
肉体这个词,你觉得自己的身体,
更像一台老机器。

光线在水盆里跃动。
你的手在水盆里停顿了几秒。

厌世之人
诱惑刚刚迷失的人
一起厌世。

你喜欢这首诗,
但想不起来是谁写的了。

上午九点三十分

播种者,施肥者,除草者,
收割者,庆丰收者,贩卖者。

你去菜市场购买最新鲜的气息。
你的脚步很轻,像在融化。
你只看蔬菜和鸡鸭鱼的脸,
商贩的脸,你不会多看一眼。

刚刚死去的鸡,留住你的脚步:

植物的种子，长时间存活在
死鸡、死鸟和死鱼的肚子里。

种子，遥远而清晰的故乡回忆：
母牛的头上缀满花朵；蚂蚁
在牵牛花里搭楼梯；成群的鸟，
把彩虹当成美食。

结伴买菜的老夫老妻像木头人。
你不相信衰老的情感。
你对夫妻和家庭的理解一直没变：

妻子在你如同母亲，
你和自己的孩子如同兄弟；
妻子在你如同新的祖母；
你和自己的孙子如同新的兄弟。

一切都离不开运气。

一阵歇斯底里把你唤醒：
可怜这个世界吧，就像
农夫可怜那条蛇！

没有谁不认识画家疯子，他看见
谁买蛇卖蛇，就会冲上去阻拦。

上午十一点

野花、杂草、人工培育的花草，
在小树林里同居多年。你喜欢
荆棘和蒺藜，而农林工正把它们铲除。

镰刀状的荆棘最美；那些杂草，
可是人类最早的蔬菜、药物和染料。

最初的爱情在植物里：
惊鸿一瞥的虞美人，蓝色的矢车菊，
含羞草让你体会过不知如何是好。

长翅膀的醉鱼草，真能把鱼
麻醉；千里光的花片像降落伞
——落下来，就是落下祝福。

夜晚，你举着手电筒照亮花朵。
她说，亮起来的花朵，是在大地安家的星辰。
安家，这个词让你动心。

她在新婚之夜说：
我把命运交给你，那是因为我爱你。

过去了，都过去了。
你知道，闹钟最终都会响。

下午一点二十分

两只猴子，手牵着手，掌合着掌。
猫头鹰说：我想给你们插上翅膀。

猫看动画片。你吃西红柿打卤面。
狮子大喊：我是国王！我是国王！

你想起电影《国王的演讲》，
还想起一首诗《国王的眼睛》。

国王的眼睛正在凹陷，
他的国土，几年前已经凹陷。
然后是，升升升升。
唯有杂草，破土而出：
你，要么是刀下鬼，
要么是食草动物。

凹陷。你用力吸气，
把这两个字缓缓吐出来。

窗外，一只蝴蝶懒懒地飞。
蝴蝶身上的睡意有多重，
你身上的睡意就有多重。

猫正在习惯陪你午睡，
你摸了摸它的头。

一个浅梦，轻盈且清晰：
雪，纷纷扬扬，最想变成雪的
那块石头，没能逃过你的呼吸。

你在石头上画了一棵树，你眺望
好像站在树顶上眺望：
天上的飞鸟，你新的眼睛。

下午四点四十分

天上的鸟，轮流划出初秋的线。
缠在一起的两棵树，像情侣；其中的
一棵树的树杈，向斜下方的湖水潜逃
似乎厌倦了这段感情。

外婆说过，不要一直盯着水面，
要不然，淹死的人会看见你。

外婆还说，不要一直盯着井里的水，
要不然，井会吸走你的灵魂。

外婆去世那天，你在欧洲参加世界文学
比较大会。你错过了外婆的葬礼。

你希望自己的葬礼是这样的：
一个阴雨天，不大不小的雨，来人不要多，
你的几个学生，抱着你的遗像，缓缓走在雨里……
你的墓碑是一块灰色大理石，上面刻着你的诗句：

在这里，我的肩膀和膝盖
可以随时互换位置，
多好啊！

傍晚六点五十分

没有夕阳的暮色里，天空下的树林，
像巨大幽暗的锯齿形房屋，那些
翻飞的鸟，在争夺最后那把钥匙……

你站在阳台上，看一会儿，想一会儿。

烧水泡茶。电视里的纪录片告诉你：
像古埃及人那样，把眼圈涂成绿色，
就能泡出一杯超现实主义的茶。
你眨眨眼，摇了摇头。

纪录片还告诉你，用青蛙身上的汗珠泡茶，

味道奇异，还能治疗风湿病。你笑了。
这是你今天的第一次笑，哦不，
这是你半个月里的第一次笑。

起风了，你走到窗前。
天快黑了，树钻到树叶下。
你想起自己的被子。

两壶茶，一个苹果，一个橙子。
喂猫的时候，猫舔你的脚指头。

天黑了，尼采回到你的手上。

夜晚九点三十分钟

不为自己解释什么，
不会对谁表示歉意。

人老了，或许是这样。
你对自己还没有把握。

躺在床上，掀开窗帘一角
圆圆的月亮露出来，你突然
有了文字的灵感：

月亮露出自己的伤口，
在月亮的伤口里，有一只灰色的
月亮兔。灰色的月亮兔正爬向一座
渐枯的山，从它的眼神和架势来看，
这只月亮兔，能把这座山
爬成丘陵，爬成平原。

猫扭头望着你，似乎在说：
我陪你进入暮年，你会用光我的运气吗？

你读懂了猫的眼神。

回乡偶书

我的笨拙被你理解成愚钝。
这样也好。我原本就是不速之客
——不速之客要么受人欢迎，要么被人嫌弃。

我现在需要我自己，就像蚯蚓那样，
身体里有自己的神话，不恐慌，不犹豫，
不怀疑；或者像草原上奔跑的马，
从不考虑悬崖和死亡的关系。

今天，我回到这里。
我的目光在石头和植物上停留：
石头早已形成新的部落，
植物继续围拢旧日墓园。
我不知道最近死去的这个人
是不是我的亲朋旧友。

极大的爱和极大的空虚，在质量上
是一样的。鸟在头顶盘旋，近的远了，
远的近了；鸟在最恰当的时候说出
最恰当的话，而我一直没有学会。

我和故乡，彼此之间有误解，
而反复出现的误解，很可能
变成邪恶——还算幸运，

故乡提前遗忘了我。

但我依然把路过这里的云
看成故乡的云，如果云朵是火车，
我肯定坐在最后那列车厢。

现实与现在，它们的区别
宽过一条大河，石头和植物
不关心这些；空中的生活更简单，
鸟在地上走，时常抬头回望。

我爬上山坡，山坡没有主人。
阳光下，野花像彩绘的玻璃，映照出
一团一团的五彩火焰；那些更小的花束，
淡粉色的，像慢慢燃烧的白日花火；
昆虫被烤暖了，它们比我更懂花的美。

美，是一个过程，唯有花朵
可以优雅地老去。我最初的理想
是做园丁，当我知道女巫是最好的
园丁时，我恨自己的性别。

后来，我更改了理想：我要成为
花的奴隶——这和自尊无关，
我隐约知道，否定自己
是奴隶的基本美德。

这是我人生的第一场仪式。
花前月下，我向花鞠躬作揖，
我把花瓣放进枕头，梦见了
最想梦见的那个人。

我至今记得我的第一次梦遗：

我像一个雨神，撒豆成兵；
又像一个风神，一边呼喊，
一边对着田野播种。

我有了自己的种子。
我看见蜜蜂和蝴蝶带着我的种子
飞进女巫的身体，女巫搂着我，
声音低沉而亲切：你们误解了我，
如果乌鸦送来你的种子，我会更开心；
我每天吃三块石头和六斤杂草，
我现在很饿，你去帮我准备好。

女巫的眼神让我再次思考，
饥饿是一所学校，石头和杂草
是神秘的食物，花朵不是
植物的终极意义。

时间流淌，河水从容，石头沉默，
河水把石头当成镜子修正自己；
石头变成天上的云，天上的云
变成眼前的石头。这是自然的想象，

但还不够，我之前见过突然间
折断的东西，后来，那被闪电洞穿的
石头更让我着迷
——洞穿原来是一种沉醉。

我抱起石头，心里的孤独轻了许多。
我移动石头，亲近杂草和它们的邻居。

虞美人靠着石头，它视石头为男人，
如果远处有了河流，它会悄然逃逸。
球茎植物活在地下，大地少不了

这些拳头；蕨类在洼地里做美梦，
虫子们最喜欢偷听；一丛灌木
即将枯死，模样依旧安然。

花瓣是对称的，而茎和叶构成
新的角度：那些男人和女人，
在我的注视下，一会儿是猎物，
一会儿是梦游人；还有我的手、
我的腿和我的脚，像另类积木，
拼接出陌生的我。

一只虫子飞进来了，捕绳草合上
两片叶子。丰盛的晚餐。
一只老鼠钻出洞，猪笼草
缠住了它。最温和的诱捕。
菟丝子匍匐前进，如果人类
不捣乱，它能爬到天涯海角。

没有两片叶子一模一样，
风拥有的正是云缺乏的。
而我越来越偏爱老旧的有瑕疵的
叶子——这是有故事的叶子，
叶脉是故事的线索。

太阳公平，杂草没有同感，
杂草的种子带着翅膀飞，那无声的
尖叫，由最高的神秘意志发出，
人类和昆虫想听却听不见。

没有什么是合理的，也没有什么是错误的。
杂草的种子，自有时钟和沙漏，野心勃勃，
坚壁清野，它们的最高理想，是在天空扎根。

我忍不住想,美德变成邪恶
需要多少时间,温和变成冷酷
需要多少时间。

当我把视线转回大地,风滚草是我的最爱:
它是死而复生的小兽,风是口令,
我追着它跑,蓬头垢面,活成了浪人。

阎志

1972 年 7 月出生于湖北省罗田县。1988 年起开始文学创作,1990 年出版第一部诗集《风铃》,1999 年加入中国作家协会。出版有《童年的鸟》《明天的诗篇》《大别山以南》《挽歌与纪念》《少年辞》《说好的再见》《武汉之恋》等 20 多部文学作品。作品多次获奖,并被译为英、法、德、日、韩、蒙、俄、瑞典、阿拉伯等多种文字。创办了"武汉诗歌节",系卓尔书店、卓尔公益基金会创始人。

阎志诗选

时间（节选）

最后的诗篇

0
在露珠即将滴下
在风即将再次出发
在芦苇被拾起
在父亲和少年的我听到
我的那声呼喊而转身时

在时间的箭镞即将抵达光亮之时
在书翻到有折痕的那页时
在蘑菇云展现娇艳的形态时
在我满身泥泞地从虫洞中爬出时
在黑洞吸入黑色星球时

时间终止了
过去的一切都与我无关
我终于可以写下
这关于时间
最后的诗篇

第一章

1
时间是从什么时间开始的
此刻吗？
那么，过去呢？
刚刚过去的又是谁的时间？

2
也许,时间是从我们学会记忆
那一刻,开始的

记忆开始的时刻
是冬季还是深夜

也许,寒冷才会留下深刻的记忆
那就从那年冬季的某个夜晚开始
试探仅仅属于时间的记忆

3
于是,我找到一个窗口
是某本书有折痕的那一页
或者是书中某个刺眼的词
也许是一道光
通过刺眼的词语发出的光芒
我们在那一刹那
回到了童年
回到了记忆开始的那一刹
那一刹
也许是一道光
也许是刺耳的呼喊发出的光芒

4
找到了窗口就好
我们还可以回到少年
回到蓝天白云下的教室、操场
回到萌动的情愫
起跳的那一刹那
不,不是一刹那
那反复悸动了很久的心跳
还在那片草地上

我看到了
一个少年从那片草地上
站起,并朝我走来
我已张开双臂
这一次,我一定要好好拥抱
紧紧拥抱那个少年

5
梦是体验时间最好的地方
当我从草地上站起时
一如我从梦中醒来

少年的我的左手
多了一块手表
少年的我　此刻的我
寻遍了梦和现实里的
每一个角落
也没有找到它的主人

我看到了
少年的我手在发抖
望着这多出的时间
紧张得喘不过气来
这多出的时间啊
让我无法醒来

6
终于明白了为什么
年少时就喜欢写
一些忧伤的诗句
原来语言也有自己的宿命

那么我们要学会逃避
逃避那些晦涩的词语
不堪的句子

7
现在就很好
我更愿意用
欢快的词语
祝福日渐老去的时间
也更愿意用
美妙的诗句
表达我们难以启齿的命运

8
语言终究是困顿的
语言一直都小于我们的情感
我们无法表达的那一部分
都在时间的后面
或者被时间遗忘

9
现在很好
我更愿意用
温暖而热烈的双手
拥抱从那片草地上走来的少年
我还要告诉他
一定要记住那本书
有折痕的那一页
那个刺眼的词语
那道光
因为那是我们回去
唯一的窗口

第二章

10
寒武纪的钟声响起
时间不寒而栗
夜晚开始了

11
夜晚
是从一个清晨学会
讨厌白昼的躯体

是啊
当崭新的一天来临
过去的一切悄无声息
哪怕刚刚转身的夜晚依依不舍
哪怕海浪的声音从未停歇

12
海浪的声音是绛紫色的
与深蓝色的波涛合二为一
正午的阳光
寂静无声

至于云彩
从清晨到黄昏，一直都在
一直都在吗？

云彩之下
应该有鸽子在飞翔
那是少年的你在呼唤

而我却无动于衷

漠然地面对你热切的呼唤

后悔已没有意义
某年冬季的夜晚终归
寂静无声

13
好吧
再说说远去的那片夕阳
明明有时间的影子
却从未走近

夕阳大多数的时候
一如你的转身
一如你在少年时的一次转身
无所顾忌

放下吗？
谁又能想到
在老去时的某一刻
总能看到自己少年时的那一次
转
身

14
终究可以打动的
是划破夜空的晨曦
又其实是
最早升起的启明星
又其实是
慢慢亮起来的
时光

15
一天的时光
就这样过去了
刚好容纳我们简单的一生
简单到只是一次转身
而自己已在彼岸

16
拾起一块石头
不太大的、不规则的石块
一定是粗粝的石块
扔向海面、江面、河面、湖面
荡起一圈圈波纹

一直没有停下来
一圈圈，一圈圈
蓝色的、黄色的、白色的、绿色的
甚至是颜色之外的颜色的
波纹，一直没有停下来

只知道海浪的声音是绛紫色的
为什么是绛紫色的?
只是因为转身的那一刻
那道光是绛紫色的吗?

17
在寒武纪的钟声中
海中、江中、河中、湖中的那块石头
如此坚强

有些时候我会低下头
抚摸那块石头
一如抚摸时间

轻轻地
就像水每次经过那块石头

一亿万年了吧
那块石头从岩浆中诞生
又被捡拾起扔向海中、江中、河中、湖中
再生

无论黄昏、夜晚
还是清晨
无论云卷云舒
石头一直都在
对于时间　无动于衷

18
而我就是那块石头
而你还不来
我已看到海边捡拾石块的人
朝我走来

我不怕被他们捡拾走
用作一块路石
甚至被粉碎为沙，为灰
我只怕
你来时　见不到我

那波纹还没有停下来
我被扔向空中的
那一刹
就是那次转身吗？

第三章

19
转经筒还在转　一直转
从不停歇
磕下的长头在长廊下回响
声音　也一直没有消逝

风停不下来
云停不下来
雪山上的时间停不下来
对你的思念怎么能停下来

20
二十年前经过日喀则
二十年前见过的沙漠　草原　戈壁
二十年前经过的河流
还在吗

格桑花开了又谢　谢了又开
一季季地盛开
那是盛放的想念
那是盛不下的时间

21
就在这里　在世界的尽头
在时间的悬崖之边
把你放在心里
看着那成群的牛羊中奔跑的孩子
看到已记不住的你的容颜
我独自离开
是的　每个人都是独自在离开
从世界的尽头　离开

那不只是世界的尽头
那也是时间的边界
更是我们遗忘的开始

二十年前　公元前　石器时代前
全部都遗忘
唯一能记取的是
转经筒某一霎的犹疑

22
没有菩提树的祈祷
是没有重量的
只有种一棵树
然后等待它长大

当你看到那棵茂盛的菩提树时
当那位僧人在树下坐了九年
当那棵菩提树飘下的第一片叶子
又长成一棵茂盛的菩提树时
那时　你还不知道
为了此时　有多么漫长的等待

23
等待是没有意义的
对于被等待的人

你一路走来
关于你过去的种种
与别人的时间无关

24
浅草寺像刚刚过去的时间

一样浅
深深的漆红装点了
黄昏
第一百零一片落叶飘下时
有人在高原
聆听
虽然　落叶飘下时寂静无声

25
英勇的女战士　在蓝色多瑙河畔
屹立
马加什教堂　在渔人堡上
迎接着来自东方的迁徙

再次凝视高耸的塔尖
那道光芒
不约而至
那道刺目的光芒
是盛大的阅兵式
是夜空璀璨的烟花
是万马奔腾的尘土
是大海中一块粗粝的石头
在迎接我们

26
所有的神都高高在上
而微弱的时间的喘息
在海拔五千二百米的纪念碑边　响起

霍普港洄游的三文鱼
是在逃离吗？
能够逃离吗？

没有人回答
也许答案在不同文字的经文中
也许答案在那页有折痕的经文中

27
然而
我们两手空空
找不到可以捧住的经文
找不到可以捧住的时间
我们两手空空

第十一章

91
他们说
新世界就是元宇宙

他们说
"时间不能完全脱离开和独立于空间"
这样很好

我要倾尽所有的力量
在虫洞之中
奔跑

赶在父亲抵达光芒之前
紧紧拉住他
紧紧抱住他

晚一点再接近那片光芒
在我们这个时空
再多停留十年

再多停留一年
再多停留一天

哪怕只停留一刹那
让我能够赶得上拥抱 紧紧拥抱

92
他们说
宇宙在膨胀

他们说
时间是不可再生的
这样也行

我就在爆炸后无序的时空之中
倾尽所有的注意力
找寻我的父亲

我一定能遇上我的父亲
对此 我深信无疑
因为父亲的气息 如此熟悉

93
时间啊
我对您无比敬畏
我写了一百零一首赞颂您的诗篇
献给您

我只祈求
给那些善良宽厚的老人增加时间
我只祈求
让那些在不同时空的深爱的人相遇

94
时间原来这么沉重
我们的记忆与怀念
我们的热爱与不舍
都在时间之中

我才知道
爱的重量
就是时间的重量

95
在我有限的生命里
我对我深爱的人的思念
是无限的
我的思念
深藏在所有维度之中
散落在所有时空之中

从此我开始相信
时间是有限无界的
从此
时间胶囊成为我们的
时空伴随者
如影随形

96
时间是烟火
时间是父亲留下的大衣
我是带着这份热爱
来到新世界
来到了一个不被破坏　不被污染的
洁净清新的新世界

芽刚好钻出土地
雨下得正是时候
大地青翠
绿草成茵
遇见自己在上个时空里想念的人
美妙的生物渐次出现
人类还相信爱情

对，就是来到这个充满爱的
新世界

97
多么希望时间就在这一刻停留
这是时间旅行中最诗意的抵达
这是一个时空对另一个时空最美的承诺
过去时空中不断轮回的
杀戮、贪婪、破坏、背叛都无影无踪
有的只是爱
无休止的爱代替无休止的轮回

诗人们笑了
智者笑了
那位高僧笑了
菩萨笑了
所有的神都笑了

98
钟声响起
我躺在草地上正在阅读一本诗集
那是一本关于时间的长诗
在看到
"所有的神都笑了"那一行时
发现这一页有折痕

为什么有折痕?
一道刺眼的光从词语中发出

99
飞鸟扑面而来
被挖掘出的全部的煤　倾轧而下
所有星系被抛弃的星球
所有被扭曲的时间
所有没有被燃烧的情感
飓风般涌来

沉寂的痛苦
被污染的水、土壤、大气
伴着刺耳的轰鸣、尖叫、哭泣
所有的暗物质暗能量
所有被放弃的抵抗
潮水般袭来

所有的不安、焦虑、愤怒、仇恨
战争中的牺牲
奔驰在没有意义的道路上
永远不能抵达的巴士

夜晚的叹息
黄昏的绝望
梦中的挣扎

无限扭曲的时空也装不下
没有边界的膨胀

离开的时间慢于
重新生发的时间

后一个星系快于
前一个星系远离我们的速度

终于
空间容纳不下时间

在露珠即将滴下
在风即将再次出发
在芦苇被拾起
在父亲和少年的我听到
我的那声呼喊而转身时

在时间的箭镞即将抵达光亮之时
在书翻到有折痕的那页时
在蘑菇云展现娇艳的形态时
在我满身泥泞地从虫洞中爬出时
在黑洞吸入黑色星球时

时空、空间
全部的维度　所有的时空
能见　不能见的　宇宙
爆炸了！

最初的诗篇

100
少年从那片草地站起
拾起一块粗粝的石块
扔向水面

小镇上阳光正好

都是熟悉的人们
唯有少年失恋的心情无法平息

父亲还巡行在山林之中
母亲在家里守候着
姐姐们各自忙碌着

少年想象着风铃的样子
抬头看着变幻的白云
明天是一个适合重新表白的日子

少年拿起笔
在作业本上
写下了第一首诗

2013年7月21日—2021年9月12日 草稿
2021年10月28日—2021年11月5日 初稿
2021年11月6日—2021年11月15日 修改
2023年1月30日凌晨 再改
2023年4月8日凌晨1点 三改
2023年5月22日 改定

《中国诗选》《中国诗歌评论》《国际诗坛》征稿启事

"中国现当代重要诗人研究资料"是《中国诗选》的定位。

《中国诗选》第1卷、第2卷分别于1994年、2024年编选出版。

《中国诗选》第3卷拟于2025年12月出版；同时，作为《中国诗选》的品牌延伸，我们计划编选出版《中国诗歌评论》（每年一卷）、《国际诗坛》（每年一卷），现在公开征稿（不收取任何费用）。

一、要求

1. 《中国诗选》

① 中国现当代重要诗人30—50人，每人近年诗歌作品20首左右，短诗、组诗、长诗等不限。

② 作者简介500字左右，整版高像素大照片1张，联系电话、邮箱、通讯地址。

2. 《中国诗歌评论》

① 中国现当代重要诗人及其诗歌作品的评论文章。诗歌评论、随笔、访谈、笔记等，每篇文章1000—10000字。

② 作者简介500字左右，高像素照片1张，联系电话、邮箱、通讯地址。

3. 《国际诗坛》

① 国外重要诗人诗歌作品及评论文章。诗歌20首左右；诗歌评论、随笔、访谈、笔记等，每篇文章1000—10000字。

② 作者简介500字左右，高像素照片1张。

③ 译者简介500字左右，高像素照片1张，联系电话、邮箱、通讯地址。

二、联系方式

闵正道：电话（微信）18301349419

周瑟瑟：电话（微信）13910172881

《中国诗选》邮箱：zgsx111@126.com

《中国诗选》编辑部
2024年12月31日北京

《中国诗选》《中国诗歌评论》《国际诗坛》邀约联合创办人

《中国诗选》由闵正道、沙光于1994年创办,同年7月由成都科技大学出版社出版第1卷;2024年12月,《中国诗选》第2卷由北岳文艺出版社出版发行。

作为《中国诗选》的品牌延伸,我们拟编选出版《中国诗歌评论》《国际诗坛》。为了更好地办好每年一卷的《中国诗选》《中国诗歌评论》《国际诗坛》,我们诚邀相关人士联合创办。

一、要求

1. 热爱诗歌,愿意付出和奉献。
2. 拥有一定的人脉资源、社会资源。
3. 其他。

二、联系方式

闵正道:电话(微信)18301349419

周瑟瑟:电话(微信)13910172881

《中国诗选》邮箱:zgsx111@126.com

《中国诗选》编辑部
2024年12月31日北京

《中国诗选》第 1 卷（主编：闵正道，执行主编：沙光），成都科技大学出版社，1994 年 7 月第 1 版